君が護りたい人は

石持浅海

長編本格推理
書下ろし

祥伝社

目次

CONTENTS

装幀　SONICBANG CO.,
カバーイラスト　サイトウユウスケ

序章

君が護(まも)りたい人は

火を見つめている。

四月に入ったとはいえ、この辺りの夜は、かなり冷え込む。今朝の天気予報では、最低気温は十度を下回るとのことだった。市街地の予報でそれだから、山間のキャンプ場はもっと低くなるはずだ。

体感としてはまだそこまで下がっていないけれど、さすがに寒さを感じる。身体の前面は焚き火で温められていても、背中はダウンベストでガードしなければならない。


芳野友晴は、ドライソーセージを串に刺した。串を持った手を伸ばして、焚き火の炎で炙る。中の脂が溶けてきた頃合いを見計らって、炎から外す。ひと口かじって、チタンカップのウィスキーを飲んだ。濃縮された肉と脂の旨味に、ウィスキーの強烈なスモーク臭がよく合った。

アードベッグ。

スコットランドはアイラ島産の逸品だ。今夜のために、三原一輝が持ってきてくれた。

その三原は、ドライソーセージではなく、鮭トバを串に刺して炙っていた。この純国産の肴に最も合うのは、アイラ島のウィスキーだと、彼は信じて疑っていない。

三原もまたアードベッグを飲んで、ひとつ息をついた。「うまい」

　三原はウィスキーのボトルを取り、芳野のカップに注いでくれた。礼を言ってボトルを受け取り、年下の友人に注ぎ返す。

「こんな」芳野はボトルを目の高さに掲げた。「ボトルを持ってくるとは、俺たちも堕落したもんだ」

　ウィスキーのボトルはガラス製だ。嵩張って重いし、割れる危険もある。そのような品を持ってこられたということは、自分たちが車で来たことを意味している。

「昔は、もうちょっと真面目にトレッキングしてたんだけどな」

「金属製のフラスコにウィスキーを入れてですか」

「つまり、飲んでるところは同じだ」

　二人で笑った。三原がすぐに表情を戻す。

「バスで山の麓まで行って歩いて登るのも、車でオートキャンプ場まで来るのも、どちらも人生の楽しみですよ。どっちが偉いってことはありません」

　できるだけ言い訳に聞こえないように、といった口調だった。

　同感だ。自分たちはあるきっかけによって、ハードなトレッキングをやらなくなった。それが怯えによるものだとわかっていても、認めたくはない。

「ヘミングウェイを読んだことがあるんですけど、キャンプに行くのに、専属の料理人まで連れて行ってました。それに比べれば、僕たちのオートキャンプなんて、かわいいもんです」

　言い終えると、三原はまたアイラ島のウィスキーを飲み、続いてペットボトルのミネラルウォーターを口に含んだ。

　芳野もウィスキーを飲む。液体の形をした熱が、喉を滑り落ちていく。同じように、ミネラルウォーターを飲んだ。

「本当に、気を変えるつもりはないのか？」

　友人に尋ねる。三原は焚き火を見つめたまま答えた。「ええ」

　芳野はため息をついた。

「俺にも立場があるからな。やめるよう説得したという事実が必要だ」

　三原は笑顔を作った。「捕まる気は毛頭ありませんが、万が一逮捕されたら、警察に供述しておきます。芳野さんに止められたけど、無視して実行したと」

　三原は表情を戻し、今度は芳野の方を向いて、頭を下げた。

「すみません。面倒なことを押しつけて。でも、芳野さん以外には思いつかなかったんです」

　芳野は片手を振る。「よしてくれ。そんなに頼りになる男じゃないぞ」

　芳野はチタンカップのウィスキーを飲んだ。それでカップが空になる。

「歩夏ちゃん、か……」

　可憐な女性の顔を思い浮かべる。可憐といっても、彼女はもう大人の女性だ。発言も行動も、そこらの頼りない男どもよりも、よっぽどしっかりしている。

それでも可憐という表現が浮かぶのは、彼女の境遇のためだろう。そして三原が決心したのも、その境遇が理由になっている。

「はい」

まるで感謝と謝罪の儀式のように、芳野のカップにウィスキーを注ぐ。自らもウィスキーを飲んだ。

「奥津を殺したところで、歩夏ちゃんが三原くんになびいてくれるとは限らないぞ」

三原は眉間にしわを寄せた。誇りを傷つけられたように。

「そんなことを、望んでいるわけじゃ、ありません」

しかしすぐに表情を戻す。「正直に言うと、まったく期待してないかというと、嘘になります。でも、それが動機じゃありません。断言できます」

成富歩夏が奥津悠斗と結婚することは、周囲に好感を持って受け止められている。邪気のない揶揄と共に、友人たちは祝福した。もちろん、奥津と最も縁の深い芳野もだ——三原の話を聞くまでは。

「奥津さんと結婚することは、歩夏ちゃんにとって人生をあきらめたと同じ意味だと思います」

迷いのない口調だった。

「だって、そうでしょう？ 確かに、奥津さんは歩夏ちゃんを支援しましたよ。路頭に迷いそうになった歩夏ちゃんを、大学卒業まで面倒を見ました。それは本当です。でも、その対価として、歩夏ちゃん自身を求めるのは、どうなんでしょうか」

芳野は答えなかった。黙って新しいドライソーセージを串に刺した。焚き火にかざす。三原は芳野のコメントなど求めていなかったようで、一人で話を続けた。

「恋愛の結果なら、それでもいいですよ。でも、違うじゃありませんか。奥津さんは、歩夏ちゃんが十五のときに手を出したんです。まだ中学生か高校生ですよ。それが、恋愛の結果といえますか？」

呷（あお）るようにウィスキーを飲む。

「助けてくれた相手だから、仕方がない。そう歩夏ちゃんが考えているのなら、それは将来の放棄です。そんなことをさせるわけにはいきません。歩夏ちゃんから奥津さんを引き離さなければ。その後、歩夏ちゃんが誰を選ぶかは、本人次第です。僕であったらいいなとは思いますが」

芳野は焚き火からドライソーセージを離し、端をかじった。熱しすぎたようで、溶けた脂が口の中を焼く。慌（あわ）ててミネラルウォーターを飲んだ。

「歩夏ちゃんが十五のときに奥津と関係を持ったことは、春（はる）さんから聞いたのか？」

春さん——武田小春（たけだこはる）の明るい笑顔を思い浮かべながら訊（き）いた。

芳野の問いに、三原は首を振る。

「まさか。あの人は医者ですよ。他人に秘密をばらすはずがありません」

　三原は一度横に振った首を、今度は縦に振った。

「でも、それに近いです。碓氷さんが初めて参加したときに、歩夏ちゃんと春さんが碓氷さんに話しているのを、偶然聞いちゃったんです。ですからあの人たちは、僕が知っていることを知りません」

　ミネラルウォーターで舌が鎮まったから、あらためてドライソーセージをかじる。

「三原くんの得た情報が正しいのなら、確かに奥津は、やってはならないことをやった。許すわけにはいかない」

　ウィスキーを飲んだ。

「歩夏ちゃんが結婚を決めた理由が、三原くんの言うとおりだったら、それは俺にも責任があることだ。始末は、つけなきゃな」

　そして三原を正面から見た。

「とはいえ、俺にも家族がいる。犯罪に手を染めるわけにはいかない。共犯にならない範囲内でなら、協力するよ」

　三原が安堵の表情を浮かべた。あらためて高価なウィスキーを芳野のカップに注ぐ。

「すみません。芳野さんには、決して法に触れることをさせないと約束します」

　三原は間違っている。犯罪が実行されることを知っていながら、警察に通報もせずにただ傍観しているのは、やはり罪なのだ。弁護士である芳野は、そのことを知っている。まあ、言い逃れする手段は、いくらでもあるのだけれど。

三原は火を見つめたまま続けた。

「芳野さんは何もする必要はありません。ただ、見ていてほしいんです。もし僕が逮捕されたら、世間は一方的な横恋慕（れんぼ）で犯行に及んだと言うでしょう。本当はそうじゃない。それを知っている人に、一部始終を見ていてほしいんです」

芳野さん以外には思いつかなかったんです——。

先ほど三原はそう言った。

確かにそうだろう。三原と奥津の接点は、アンクル会だけだ。他のメンバーは、絶対に協力してくれないか、自分の意志を伝えられるほどには信頼できない人間だ。芳野だけが、奥津の親友であるにもかかわらず、あるいは親友だからこそ、犯行に理解を示してくれる。三原はそう考えたのだろうし、自分もその気になっている。

本来なら、本気で三原を止めるべきなのだろう。

三原は一流大学を卒業して、一流企業に就職している。犯罪に手を染めることなく、自分自身の人生を生きればいいのだから。

でも、芳野は三原の心情を理解している。

歩夏が苦境に陥（おちい）ったときに、三原はただ手をこまぬいていることしかできなかった。あの頃の彼はまだ若く、彼女を助ける能力がなかったのだ。だからずっと年上の奥津に任せるしかなかった。奥津には、歩夏を助ける能力があったから。そのことを、ずっと気に病（や）んでいた。

そして今回の結婚話だ。三原の目には、奥津が〝報酬〟を受け取ったと映ったのだろう。無償でなければならない支援に、報酬という邪念が加わった。それが三原には許せないのだ。

ましてや歩夏は、顔だちが整っている。アーモンドのような瞳とまっすぐ通った鼻筋。唇の形もよい。そんな歩夏が不意に笑うと、芳野でもどきりとしてしまうほどだ。奥津は歩夏が美少女だから支援したのではないか。三原はそう疑ってもいるのだろう。

今の三原は、大きく成長している。外見だって決して悪くないし、成績優秀者にありがちな鼻につく性格でもない。むしろ人当たりがよくて、骨惜しみをしないタイプだ。仮に歩夏が三原を選んだとしても、周囲の誰もが納得しただろう。あるいは歩夏ではなく、別の素晴らしい女性を射止めたとしても、同じように納得と祝福が得られるはずだ。

それなのに芳野の目には、三原はあの頃と何ら変わっていないように見える。歩夏が危機に陥ったときの、何もできなかった中学生の頃と。精神的に中学生の頃から変わっていないから、奥津が許せないのだし、こうして実力行使に出ようとしている。奥津を殺害することによって、歩夏を護ろうとしているのだ。

では、自分はどうする？

答えは決まっていた。三原のためでも歩夏のためでもなく、奥津のために協力すると。

奥津が歩夏を手に入れるために支援していたとしたら、やはりそれは許せないことなのだ。

大学時代からの親友であり、奥津の行為を後押しした芳野にとって、それは最もやってほしくないことだった。

だから協力する。傍観という名の共犯という形で。

「三原くんはそう言うけど」

弁護士の口調で言った。「殺人は、そんなに簡単な仕事じゃないぞ。人間は、期待するようには死んでくれない。殴ろうが、首を絞めようが、刃物で刺そうが、勘所(かんどころ)を押さえないと、人は死なないんだ」

三原は火を見つめたまま、うなずいた。芳野は続ける。

「しかも、春さんがいる。あの人は研究医だけど、医師免許を持っている。奥津を助けてしまうかもしれない。三原くんの目的からすると、奥津に確実に死んでもらう必要があるだろう。どうするつもりなんだ？」

「それは大丈夫です」三原は片手を振った。そしてキャンプ場を見回す。

「この場所を使いますから」

第一章
アンクル会

「二十歳違いですか」

別府和雅が目を丸くした。

「別府さんは、真似しないでくださいよ」

成富歩夏が返して、車内に笑いが響いた。別府は二十三歳だ。もし二十歳下の女性を迎え入れようと思ったら、相手はまだ三歳ということになる。

三原一輝が天を仰いだ。「幼妻だ」

ハンドルを握った芳野友晴が、冷静に指摘する。「いや、そういう問題じゃない」

「大丈夫ですよ。別府くんは童顔だから」

「だから、そういう問題じゃない」

「それにしても、あの奥津さんがねえ」

別府が唸る。「山と酒にしか興味がないと思ってたのに、いつの間に」

そして三列目シートから、運転席の芳野に声をかけてきた。「芳野さんは奥津さんと長いつき合いだそうですけど、知ってたんですか？」

「実は、知らなかった」

芳野友晴は正直に答えた。「奥津には、妹がいるんだ。妹とのやり取りと同じノリだったから、歩夏ちゃんとも、兄貴として接してると思ってた」

「最初は、わたしにも言わなかったよね」

武田小春が慨嘆するように言った。「水くさいったら。奥津さんが兄貴だったら、わたしだって姉貴みたいなもんなのに」

「春さんなら、女性でも全然オーケーだったんですけど」歩夏がふふふと笑う。「春さんは人妻ですから」

「しまった」小春は自分の額を掌で叩いた。「旦那と別れておくんだった」

また笑いが起きる。武田夫妻が温かい家庭を築いていることを、みんな知っているからだ。

芳野の車はファミリー向けのミニバンだから、通常のバックミラーの他に、車内の様子が確認できるミラーが付いている。助手席の歩夏はもちろん、二列目の小春と碓氷優佳、三列目の三原と別府の表情までわかる。

「まあ、もし春さんが彦さんと離婚したとしても」三原が笑顔のまま言った。「歩夏ちゃんの前に碓氷さんでしょ」

「あ、わかる？」

小春が隣に座る優佳の腕を取った。恋人同士のように腕を組む。しかし優佳はとぼけた口調で返した。

「わたしは、歩夏ちゃんの方がいいなあ」

「あ、ひどい」

三度笑いが起きる。

「それで、離婚されかかった彦さんは、今日は欠席ですか」

三原の質問に、小春は「ごめんね。最近忙しいみたいで、土日も出てるんだ。だからわたしが代わって休んであげてるんだけどね」

からからと笑う。

武田克彦と武田小春は、夫婦揃ってアンクル会のメンバーだ。「武田さん」と声をかけると二人同時に返事してしまうから、それぞれ「彦さん」「春さん」と呼び分けている。

「春さんはともかくとして、芳野さんのおっしゃることは、かなり正しいです」歩夏が話を戻した。「わたしも、あの人が夫なのか兄なのか父親なのか、わからなくなることがありますから」

小春がうなずいた。「そうだろうね」

まさしく姉のような優しい響きだった。

「その夫だか兄だか父親だかわからない男は、嫁さんを放っておいて先に出たのか」

芳野は呆れて言った。「ひどい奴だ」

「いやいや」歩夏がぱたぱたと手を振る。「昨日、わたしの仕事が遅くなったから、先に行ってもらったんです。今ごろ、楽しそうに山菜を摘んでます」

今回の参加メンバーは七名。芳野のミニバンは七人乗りだけれど、これ一台ではぎゅうぎゅう詰めになる。だから車二台に分乗して行くことにしたら、奥津が「先に行って場所を確保しとくよ」と申し出てくれた。婚約者である歩夏は、当然奥津と一緒かと思っていたのに、当たり前のように芳野の車に乗り込んできたから驚いた。

想像するに、奥津がとんでもなく早い時間帯――あるいは前日の夜――に出掛けることを提案して、歩夏が断ったというのが実際のところだろう。

「奥津さんが出たのは、昨夜（ゆうべ）？　今朝？」

小春が歩夏に尋ねた。同じことを考えていたようだ。

「今朝です。わたしが起きたときには、もういなくなってました」

「奥津さんは、山と酒のためなら、どんな苦労も厭（いと）わない人ですからね」

別府がコメントし、歩夏が応える。

「まったくです」

実感のこもった声だった。

五月の晴れた土曜日。

芳野の運転する自動車は、茨城県の常磐（じょうばん）自動車道を走っていた。アンクル会のメンバーで、オートキャンプに向かっているのだ。

アンクル会とは、茨城県つくば市にあるアウトドア用品店「アンクル・アンクル」の常連たちが結成した、トレッキングサークルだ。

　きっかけは、店主催のイベントだった。イベントに参加した客同士がなんとなく仲良くなって、一緒にトレッキングに行くようになったという歴史を持つ。といっても、今はトレッキングよりも、オートキャンプでバーベキューをしながら、酒を飲む集団に成り果てている。

　それでもつき合いは続いているし、アンクル・アンクルの従業員である別府が、事務局のような立場で参加してくれている。アンクル会のメンバーは、アウトドア用品を必ずアンクル・アンクルで購入するから、店と客の関係がうまくいっているいい例だろう。

　しかし。

芳野は心の中でため息をつく。もし三原の計画がうまくいけば、この週末は大騒ぎになる。ひょっとしたら、アンクル会のキャンプは、今回が最後になってしまうかもしれない。

――どうやって殺すつもりだ？

三原の決心を聞いた夜、芳野はそう尋ねた。

「アパート近くの暗がりで襲うのか？」

芳野の問いに、三原は軽く首を振った。

「まさか。そんな、あからさまな事件を起こしたら、警察が一発で解決するでしょう。僕がすぐ疑われることはなくても、警察は交友関係すべてを調べるはずです。その結果、僕に当日のアリバイがないことがわかれば、突っ込んだ捜査が行われます。逮捕されるのは確実です」

三原がまともな判断力を維持していることに安堵しながら、芳野はなおも言った。

「じゃあ、自殺に見せかけるか。結婚間際でルンルン気分の奥津を」

「まさか」三原はまた首を振る。「遺書がなくても自殺と判断されることはあるでしょうけど、動機がまったくない状態だと、やっぱり殺人事件になります。結果は同じです。奥津さんが職場でとんでもないトラブルを起こしていたとかいうことがあれば、別ですが」

まったく期待していない口調だった。つまりは、自殺に見せかけるつもりもないということか。

「それなら事故に見せかけるか。盗難車ではね飛ばすとか」

「今どきの車は、盗難防止装置がついています。自分の車で突進する度胸はありません」

三原はぐるりとキャンプ場を見回した。

「事故に見せかけるのは、基本路線です。でも、日常の生活圏では事故なんて、起こりにくいですよね。芳野さんがおっしゃったように、交通事故でもなければ。でもキャンプ場なら、やりようはあります」

三原はそれ以上のことは言わなかった。本気だからだ。

芳野は意識を現在に引き戻した。

仕方のないことだ。三原は決心したのだし、説得に応じるような精神状態ではない。もっとも、説得に応じて中止する程度の決心だったら、芳野も頼みを聞いたりしない。

だから芳野も決心している。三原の行為を見届けると。そのために今日のキャンプにも参加したのだ。

「でも、こんな時期にキャンプなんて行ってていいんですか?」

別府が尋ねた。「式は、来月じゃありませんでしたっけ」

別府の疑問は理解できる。結婚式はともかく、披露宴は事前に決めなければならないことがたくさんある。芳野が結婚したときも、直前は毎週末を準備に費やした記憶がある。

「あ、いえ」歩夏がまた手を振った。「入籍が六月っていうだけで、結婚式も披露宴もしませんから、特に準備はないんです」

「そうなんですか」別府が意外そうに続ける。

「受け取ったのが、レストランでのお祝いパーティーの招待状だったから、披露宴は別にやるんだと思ってました」

「そうじゃないんですよ。気持ちだけジューンブライドです」

「いいんじゃないのかな」歩夏の隣で優佳が言った。「日本の六月は梅雨（つゆ）のまっただ中だから、あまり結婚式向きじゃないし」

　フォローするような言い方だった。別府はそこに秘められたニュアンスを感じ取れなかったか、「それもそうですね」と簡単にコメントしただけだった。

　その様子からすると、若い別府は気づいていない。披露宴などを開催すると、新婦側の両親の席も親類の席も作られないことに。一方、新郎側はまだ両親が健在だ。そのアンバランスを奥津が気にしたのではないかと、芳野は睨（にら）んでいる。

　優佳も同じように考えたからこそ、違う角度から賛意を示したのだ。優佳と出会って日はまだ浅いけれど、こうやって人の心を読んで、その場に最適な発言ができる人間なのはよくわかっている。

　しかし結婚式や披露宴を行わないことと、入籍日とは関係がない。準備が必要な儀式をやらないと決めたのなら、そう決めた日に市役所に行ってもよかったのだ。それなのに入籍を六月まで延ばしたのには、当人たち以外の意思が働いていることを、芳野は知っている。

「いつ結婚してもいいのなら、六月の方がいいんじゃないですか？　なんといってもジューンプライドですし」

　三原が奥津にそう提案したのだ。日付の語呂合わせや、大安や仏滅にまったく関心のない奥津は、なんとなく歩夏が喜びそうだと思って、三原の意見を容れた。そしてその反応も、三原が予測したとおりだった。

　軽い提案の裏に、三原の狙いが込められている。六月に入籍するのであれば、五月の間、歩夏はまだ独身だ。あたりまえの話だけれど、三原にとってはそれこそが大切なことだった。五月中に奥津が死んでしまえば、歩夏の戸籍に婚姻歴が残ることはなくなるから。

　たとえば、今日とか。

　芳野はカーナビゲーションシステムのモニターを確認した。

「そろそろ高速を下りる。ここからなら、あと三十分くらいかな」

　ハンドルを切る。車が大きくカーブして、インターチェンジに向かう。ゲートを抜けて、県道に入った。

「連絡しておきますね」

　歩夏がスマートフォンを取り出した。現在位置を、現地で待っている奥津に知らせるのだろう。奥津なら到着時刻を予想できるし、それまでにどのような準備をすればいいかがわかる。

　現在、午後三時三十五分。

　午後四時までには、キャンプ場に到着できるだろう。そこから準備を始めて、早めの夕食を取る。この時期、茨城県の日没時刻は、大体午後六時半くらいだ。山間だと、暗くなるのはもう少し早い。その前に片づけを終えるのが、アンクル会のパターンになっている。そして暗くなってからは、焚き火を囲んで、ひたすら酒を飲む。

「バーベキューコンロは、奥津に預けてある。連絡を受けたら、前もってセッティングしてくれるはずだ」

「山菜も摘んでるって、歩夏ちゃんは言ってましたよね」

「得意技、ニリンソウの天ぷらですか」

「天ぷら鍋に、大量の油。オートキャンプでないと絶対にやらない、堕落の極みみたいなメニューだな」

歩夏が微笑んだ。「存分に使ってやってください」

まさしく妻の科白だった。

子供の頃から歩夏を知っている身としては、時の流れに妙な感慨を覚えてしまう。

先ほど歩夏は「夫なのか兄なのか父親なのか、わからなくなる」と言った。娘としてスタートして、やがて妹になり、恋人を経て妻になった。それぞれの立場がシームレスにつながっているから、わかりにくくなっている。間違いなく言えることは、現在は妻の立場だということだ。

小春も同じ感想を抱いたようだ。感嘆のため息をついていた。

一方、歩夏が大学生になってから参加するようになった別府、就職してから知り合った優佳に、感慨はない。のろけと受け取ったようだ。

優佳はいじっていたスマートフォンをバッグにしまって、「ほほう」と声を上げた。その響きは、からかいを含んでいた。

　歩夏と同年齢で、共に成長してきた三原は、反応しなかった。

　そんな話をしながら県道を進んでいくと、ところどころに集落があるだけの田舎道になった。

「出掛けるときに、食料を調達しておいてよかったね。何にもない」

　窓を過ぎる景色を眺めながら、小春が言った。

「春さんは、今日のキャンプ場は、はじめてだっけ」

「そうなんです。存在自体、知りませんでした」

　アンクル会は茨城県をフィールドにしているけれど、小春は元々神奈川県の出身だ。就職先がたまたまつくば市だっただけで、茨城県全般に詳しいわけではない。知らないのも当然だろう。小春がそうなのだから、アンクル会の正式メンバーでなくて、友人枠で小春に連れてこられた優佳が知るわけもない。

　ところが、生粋の茨城県民である歩夏が手を挙げた。「わたしも、はじめてです」

「あれ？　そうだっけ」

「ええ。わたしも、毎回参加させていただいているわけじゃありませんし」

「それもそうか」

　彼女自身の言うとおり、歩夏は毎回アンクル会の活動に出ているわけではない。高校では部活があったし、受験勉強中はキャンプどころではなかった。大学に入ったら、サークル活動やアルバイトで忙しくなる。来られなくなるのも無理はない。

それでも完全に足が遠のかなかったのは、奥津がいたからだ。奥津は奥津で、歩夏を束縛するのをよしとはしなかった。ただ、彼女が苦境に陥ったときに、アンクル会のメンバーはさまざまな形で助けてくれた。そんな仲間たちとは、縁をつないでおくべきだと考えたのだろう。無理のない範囲で、歩夏をキャンプに連れてきていた。

結果的には、完全に縁を切った方がよかったのかもしれないけれど。

「奥津さんが歩夏ちゃんを連れてこなかった理由は、わからないではないね」

三原が言った。

「アスレチックみたいな施設が併設されてるわけじゃないし、近くに観光地も温泉もないから。若者ウケする場所ではない」

小春が噴き出した。「若者ウケって。三原くんも若者じゃんか。何、枯れたこと言ってんの」

「若者ウケはしなくても」芳野が横から言った。「おっさんウケはするな。市営だから安いし、風呂はないけど最近トイレが新しくなったから、そこそこ快適だ。シャワートイレは付いてないけど」

「まあ、ホテルじゃありませんしね」

「でも、痔の気がある人にはきついかな」

「ああ、それは大丈夫です」歩夏が自信ありげに言った。「奥津さんは、携帯用のシャワートイレを持ってきてますから」

二人きりのときはどうか知らないけれど、歩夏は他人に対して婚約者のことを「奥津さん」と呼ぶ。そのうち「奥津」と呼び捨てになるのだろう。

「なんだ。奥津さんは痔だったの？」

小春の問いに、歩夏がうなずく。

「そうなんですよ。恰好悪いことに」

すると小春が困った顔になった。

「痔疾は立派な病気だから、恰好いいとか悪いとかじゃないよ。まあ、女の子にいい恰好したいのなら、わざわざ口にしないだろうけど」

いくら結婚するとはいえ、わざわざ言いたくなる病名ではない。それを歩夏が知っているということは、もうそんな見栄を張るような段階はとっくに過ぎているということだろう。つき合いの長さを感じさせる話だ。

「トイレはともかくとして」芳野が話を戻した。「飯を食って酒を飲んでうだうだするだけなら、いい選択だよ」

「同感です」

「枯れた三原くんは、けっこう行っているの？」

「いえ」三原は首を振る。「行ったことがある、という程度です」

これは事実ではない。先月も芳野と二人で行っているし、単独でも何回か行っているはずだ。犯行の下見のために。

――結婚祝いに、キャンプに行きませんか？

そう言って今日のキャンプを提案したのは、三原だった。そして事務局の別府と話し合って、うるさすぎない小規模なキャンプ場を探した。その結果、石岡市にある市営キャンプ場を選んだのだ。もちろん三原が、別府を巧みに誘導したのは間違いない。

「こんなふうに」三原は店舗らしき影がまったく見えない車窓を眺めて言った。「現地で食料を調達できる大きなスーパーがないことはわかってたから、出発前に買ったわけです。地元の小さな店は、地元民のためのものです。外部からの闖入者が、いきなり七人分の食料を買っていったりしたら、需給バランスが崩れます」

「キャンプの楽しみのひとつに、地元の食材を味わうというのがありますけど」優佳が納得したように言った。「それすらできない環境だということですね」

「そうです。こんなふうに」

県道から側道に入った。田舎道というより、山道と表現した方がいい細さだ。

「この先に大型スーパーが現れたら、笑いますよね」

歩夏が言い、小春が返す。「そりゃ、キツネかタヌキに化かされたんだよ」

石岡市の方々に大変失礼なやりとりをしているうちに、山道からさらに細い未舗装路に入った。二〇メートルも走らないうちに、駐車スペースが見えてきた。目的地だ。芳野はバックでなく、前向きで車を駐車場に止めた。後部トランクから荷物を出すためだ。

「着いた」

スライドドアを開け、みんながぞろぞろと車を降りる。

「あ、涼しい」

小春が空気を見ようとするように、周囲を見回した。「やっぱり、標高が高いんですね」

「それほどでもないんだけどね」芳野もまた、周囲を見回す。「近くの吾国山（わがくにさん）は標高五一八メートルだけど、この辺りだとまだ一五〇メートルくらいじゃないかな。もっとも、夜はかなり冷えるから、それは覚悟してくれ」

「防寒対策はしてきましたから、大丈夫です」

「お酒をたくさん飲むから大丈夫、じゃなくて？」

優佳が混ぜっ返した。小春が頰（ほお）を膨（ふく）らませる。「あんたと一緒にしない」

一緒になって笑った。二人とも三十代半ばから後半のはずだけれど、そんな表情を見ていると、もっと若く見える。興味のある分野を追求している研究者ならではかもしれない。

「一、二……」歩夏が指と口で駐車スペースを数えた。「八台分しかない」

「そうなんですよ」別府が答える。「キャンプ場そのものも、それに見合った広さです。他にどのくらいのお客さんが来るかわからないですから、二台に抑えたんです。我々だけで駐車場を占領するわけにもいきませんし」

駐車場には、すでに二台が駐車されていた。

一台は、土浦（つちうら）ナンバーのステーションワゴン。他のキャンプ客だろう。そしてもう一台は、見慣れた四輪駆動の軽自動車——奥津の愛車だ。

「管理棟に行ってきます」

そう言って、別府が奥に向かって歩きだした。そこに歩夏が声をかける。

「受付は、もう奥津さんが済ませてるでしょう？」

別府が振り返った。「いえ、管理棟にキャリーワゴンがあるんですよ。ここはテントサイトまで車を乗り入れられないので、キャンプ道具を運ぶのに借りてきます」

「僕も行くよ。二台あった方がいい」

別府と同年代の三原が後を追う。

「お願いします」

二十代半ばの男性二人を、年長者たちは温かく見送った。

「力仕事は、若い者に任せよう」

芳野が冗談めかして言った。小春も笑う。

「我々高齢者は大人しくしていましょうね」

芳野は四十四歳だ。歳を取っているというほどではないけれど、キャリーワゴンを持ってくるくらいは、若者に任せていいだろう。

二台のキャリーワゴンが到着した。アウトドアで使用するキャリーワゴンは、四輪の小型リヤカーみたいなものだ。Ｔ字型の棒がついていて、人間がＴの横棒を持って引っ張るようになっている。

芳野はトランクスペースから脚立（きゃたつ）を取り出した。キャンプ道具は屋根のルーフボックスに載せてあるのだ。脚立を車の側面に置く。

「荷物を下ろすから、受け取ってワゴンに載せてくれ」

「了解です」

芳野は脚立に上って、ルーフボックスを開けた。荷物を下ろして、横に立つ三原と別府に渡す。テント、テーブル、クーラーボックスなど、重いものから載せていった。

「そろそろ、いっぱいです」

三原が言った。「食料の段ボールを載せたら、運ぶのにギリギリです」

「オッケー」ルーフボックスの中を覗きこむ。

「後はシュラフとかマットとか、軽いものばかりだ。これは、各自で持っていけばいいだろう」

残る荷物を取り出して、下にいる人間にぽんぽんと渡していく。みんなが、それぞれ自分の荷物を持った。

「さあ、行こうか。たいして広くないから、奥津はすぐに見つかる」

二台のキャリーワゴンを先頭に、キャンプ場に入る。まず、先ほどキャリーワゴンを借りた管理棟があり、クヌギやコナラからなる木立の中を少し進むと、道を挟むように建物がふたつ建っている。炊事場とトイレだ。最近新しくなったと芳野自身が言ったように、トイレの方はきれいだ。炊事場の方はそれなりに古いけれど、管理人がよく手入れしているようで、清潔感がある。

炊事場とトイレを通り抜けた先が、テントサイトだ。

「広場みたいになっているわけじゃないんですね」

小春が言った。芳野が答える。

「キャンプ場を作るために開墾したわけじゃないと思う。自然の地形を活かして作ったんだろうね。道とテントを立てるエリアは、ある程度整備したんだろうけど」

木立を縫うように道があり、ところどころ開けた場所がテントサイトになっているといった感じだ。だから全体を見ると、森の中に入り込んだという印象を受ける。山のキャンプ場としては、珍しくない造りだ。

「木がそれほど密集していないから、上から光が入ってきて、明るい。道にも段差や木の根があるから注意は必要だけど、他のキャンプ場と変わらない程度だし。昼間で素面なら、何の問題もないよ」

「ということは、酔っ払った夜は危ないということですか」

「そういうこと。酒を飲むとトイレが近くなるから、気をつけないと。といっても、今日は満月だから、相当明るいと思うよ」

「こんなに晴れてますし」

テントサイトに入ると、炊事場に近いサイトに、一張りのテントが設営されているのが見えた。二、三人程度が泊まれるサイズのものだ。

「最新型ですね」

別府が小さな声でコメントした。キャンプ用品店の従業員らしい発言だ。「使ってるとしても、まだ数回ってところですか」

　最近のキャンプブームに乗って始めた人かもしれません――別府はそう続けた。

「アンクル・アンクルとしては、ブームになってくれた方がいいだろう」

　芳野がそう言うと、別府は難しい顔になった。

「商売としてはいいんですけど、キャンプ場が混んだり荒れたりすると困ります」

「駐車場にあった車で来た人かな」

　三原が独り言のように言う。それ以外の可能性はないと思うけれど、発言の意図は、おそらくそこにはない。三原は続ける。

「うるさくされなければ、いいんだけど」

「逆だ。俺たちがうるさくして、あの人たちに迷惑をかけないようにしないと」

　芳野の指摘に、小春が大きくうなずいた。

「そのとおりです」

　今回は、奥津と歩夏の結婚祝いだ。いつもより、はしゃいでしまう可能性が高い。仲間たちも同じ想像をしていたようで、一斉に苦笑した。三原だけが真面目な顔で「そうですね」と答えた。

　三原は今日の犯行について言及したのだ。彼は犯行現場として、このキャンプ場を選択した。当然、他のキャンプ客がいることは想定しているだろう。

　自分たちが騒げば、他のキャンプ客はこちらを気にするかもしれない。彼らが三原の行動に気になるところを見つけて、後になって警察に証言する危険がある。三原はそれを心配しているのだろう。「うるさくされなければ」とは「邪魔されなければ」と読み替えることができる。

　芳野は、三原の計画について、具体的には聞いていない。聞いてしまうと、完全な共犯になってしまうからだ。

　それでもこのキャンプ場を選んだ事実から、想像していることはある。芳野が想像する犯行計画では、他にキャンプ客がいようがいまいが、あまり関係ないと思える。しかし当人は気楽に構えてはいられないだろう。慎重にも慎重を期すのは当然だ。

　そう、慎重にやってもらわなければ。

　テントの傍で、男女のカップルが折りたたみ椅子に座っていた。二人の左手の薬指に、指輪が光っている。夫婦なのだろう。二人とも小春と歩夏のちょうど中間くらい、三十歳前後だろうか。

　テーブルにキャンプ用の小型コンロを置いて、小振りなヤカンでお湯を沸かしているようだ。金属製のカップには、折りたたみ式のドリッパーがセットしてある。これも別府が指摘したように、まだ新しく見えた。

　若夫婦がこちらに気づいた。別府がすかさず「こんにちは」と挨拶する。夫婦も軽く会釈しながら挨拶を返してくれた。

　ただ、タイミングが悪かった。ヤカンを取ろうとしたときに声をかけてしまったから、夫の方が、注ぎ口から噴き出る湯気に手を当ててしまった。

「熱っ！」

慌てて手を引っ込める。別府が心配そうに駆け寄った。「大丈夫ですか？」

「ええ、大丈夫です」

夫が強張った笑顔で応じた。「たいしたことはありません」

「本当に、ドジなんだから」奥さんが呆れた声を出す。

「炊事場で冷やした方がいいですよ。流水にしばらく晒しておけば」

「そうします」夫が立ち上がる。

お大事に、と言って、その脇を通り過ぎる。

「奥津さんの好みからして、もっと奥の方に陣取っているはずだ」

「他のキャンパーが近くを通らないところが好きですからね」

「単に、不便な場所ともいうけど」

三原と別府のやりとりを、歩夏がニコニコしながら聞いていた。

「おや」三原が足を止めた。「ペグだ」

つられて立ち止まる。地面に視線を向けると、道端にペグが落ちているのが見えた。

ペグとは、テントなどを固定するために地面に打ち込む、金属製の杭のようなものだ。太いものではないから、杭というより大きな釘に見える。落ちているペグは、長さ二十五センチメートルくらいだろうか。安物のテントに付属している、ハンマーで撃った瞬間に曲がってしまうような代物ではない。それなりの価格がする、立派な品だと思われる。

「誰かが落としたんですね」

別府が言った。三原がうなずく。

「そうだろうな。キャンプ場には、ときどき落ちてる」

「何本も使うものですから、一本落としても気づきにくいですし」

「僕も前に、一本落としたことがある。それで次のキャンプのときに気づいて困った」

「そのときは、どうしたの？」

小春の質問に、三原は苦笑交じりに答えた。

「そのときは、たまたま近くに木があったから、木に縛り付けて固定しました」

「ちゃんと対処できて、けっこうなことじゃんか」

「いや、キャンプ用具の管理は基本ですからね。恥ずかしいことをしました。ともかく、こんなのが落ちてたら危ないですね。よけときましょう」

三原がキャリーワゴンから離れて、ペグを拾い上げた。道端に移動させる。道に向かって幹が張り出している木の根元だ。地面から隆起した木の根に載せるように置いた。ここなら踏むことはないだろう。落とし物として管理人に届けるほどのものでもない。

さらに奥に進む。奥の方といっても、駐車スペースが八台分しかない、小さなキャンプ場だ。木々の間から、見慣れたテントが確認できた。あそこだ。

テントを目指して進むと、キャンプ場の最奥に着いた。到着してみると、意外なほどのスペースが開かれていた。

その広いスペースの最奥に、奥津のテントは設営されていた。傍に、ディレクターズチェアに座って文庫本を読んでいる男性――奥津だ。

奥津はすぐに気づいて、こちらを向いた。彫刻刀で無造作に彫ったような、堅物そのものの顔だち。奥津は立ち上がって、文庫本にしおりを挟んだ。チェアの座面に置く。こちらに手を振ってきた。横幅の広いシルエットが見て取れる。

奥津は四十を過ぎてから、急に太ってきた。歩夏が「わたしが太らせたんです」と胸を張っていたから、いわゆる幸せ太りなのだろう。

「お疲れ」

奥津の傍まで行って足を止める。これで、参加者全員が揃った。

「お待たせ」

芳野は、背後でキャリーワゴンを牽いている三原に意識を向ける。

犯人と標的が合流した。

三原よ。これで始められるぞ。

別府がテントサイトを見回した。

「ここには何度か来たことがありますけど、奥にこんな広いサイトがあったんですか」

「そうらしい」奥津も視線を巡らせる。「小さなキャンプ場だけど、一応大人数にも対応できるスペースも作ったんだろうね。三原くんは、知っていて選んだんだろう？」

芳野の肩越しに、三原を見る。

「はい。前に来たときに、見つけてたんです。予約するときにも、電話で奥の広いスペースを確保してもらうよう、頼んでおきました」

「管理人さんに通じてたよ。おかげで助かった」

背後にいる三原の表情は見えない。少なくとも、声の響きに緊張や動揺は窺えなかった。今から殺害しようとする相手と話しているのに、たいした胆力だ。

「ともかく、みんなテントを立ててくれ。その間に、こっちの準備をしておくから」

テントの傍には、バーベキューコンロが二台組み立てられている。ガスカートリッジを使用するタイプだ。ホワイトガソリンを使う昔の器具と違って、家庭用のガスカートリッジを使えるから、楽でいい。

後は、芳野たちが持ってきたテーブルを組み立てればいい。といっても人数が多いから、テーブルは四台持ってきた。食材や調味料などを広げるには、そのくらいあった方がいいのだ。

「サンキュ。そうさせてもらう」

「ホノちゃんはこっちを手伝って」

「オッケー」

荷物をすべて奥津に預けていた歩夏が、奥津とバーベキューの準備に取りかかり、残るメンバーは自分が使うテントを取り出して、設営を始めた。

「テントって、全部で五張り要るんだよね」

小春が唸った。「けっこう多いな」

「そうですね」別府がポールを組み立てながら

答える。「七人参加で、奥津さんと歩夏さんが同じテントで、春さんと碓氷さんが同じテントだから、マイナス二。五張りで合ってます」

「ちょっとしたテント村だ」

「一人で全部立てるのなら大変ですけど、一人一張りですから、すぐですよ。ソロキャンプ用のテントが多いから、これだけの広さがあれば、問題なく立てられます」

各自がテント設営に取りかかった。ペグを地面に打ち込んでいる優佳を見て、奥津が感嘆したような声を出した。

「碓氷さんは、意外とアウトドアが似合いますね」

優佳が瞬(まばた)きする。「そうですか?」

奥津が言わんとすることはわかる。色白で日本人形のような顔だちの優佳は、キャンプ場よりも、自由(じゆう)が丘(おか)あたりのカフェにいる方がしっくりきそうだ。

「もーっ、奥津さん」小春が呆れた声を出した。「優佳は、大学で火山を研究してるって言ったじゃないですか。キャンプはともかく、フィールドワークはお手のものですよ」

「そうなんだ」

「というか、前回のキャンプでも言いましたよ、これ」

「そうだっけ?」

小春がゆるゆると頭を振った。

「本当に、歩夏ちゃん以外には、まったく興味がないんだから」

奥津がのけぞる。「いや、決してそんなことは……」

　笑いが起こった。

　別府の言うとおり、あっという間にテント村が完成した。さすがは、全員が手慣れたキャンパーだ。空になったキャリーワゴンを、三原と別府が返却してきた。

　奥津と歩夏もテーブルを組み立て終わった。

「あ、それから」

　歩夏は奥津のテントの前から、先ほどまで奥津が座っていたディレクターズチェアを持ってきた。バーベキューコンロの近くに置く。

「最近、腰が痛いって言ってたでしょ。バーベキューの最中に腰が痛くなったら座って」

「ありがとう」奥津は素直に礼を言った。「でも、さすがにそのくらいの時間は立っていられるぞ」

「その無理が、明日に来るんだよ」

　婚約者同士のじゃれ合いを聞き流しながら、芳野はテント村を見回した。

「テントも立てたし、次は食材の下ごしらえと、焚き火の準備だな」

「薪(たきぎ)は俺が買ってあるぞ」奥津が言った。

「じゃあ、焚きつけ用の小枝拾いだけだ」

　三原が手を挙げた。「炊事場には、僕が行きます」

　キャンプを趣味にしている男性は、料理に一家言(いっかげん)のある奴が多い。アンクル会のメンバーもそうだから、女性に食材のカットをお願いしたりしない。むしろ率先してやりたがる。それに、小枝拾いの方が労働としては軽い。近くの木立で焚きつけ用の細い枯れ枝を何本か拾ってくるだけだからだ。

短いやりとりの結果、三原と別府が炊事場に向かい、小春と優佳が小枝拾いに向かうことになった。

「それじゃ、ちょっと拾ってきます」

小春と優佳が軍手をはめて、木立に向かって足を踏み出す。芳野はその背中に向かって声をかけた。

「奥の方が急に崖になってるから、気をつけて」

「はい、わかりました」

並んで木立に入っていく。二人は高校からの友人とのことだから、もう二十年以上のつき合いになるはずだ。それだけ経っても、本当に仲がよさそうだ。以前口に出してそう言ったら
「いやいや。大学時代からずっとつき合ってる芳野さんと奥津さんも、なかなかのものですよ」と返された。

確かに、こちらも二十年以上だ。つき合いの長さでは変わりがない。芳野が結婚するタイミングでつき合いが切れてもおかしくなかったけれど、あの事故が起きた。一緒にそのフォローに奔走した結果、今日に至っている。

テーブルと椅子を組み立てたところで、木立の奥から声が聞こえた。

「うわっ！」

小春の声だ。悲鳴ではなかったから、危険な目に遭ったわけではないだろう。それでも一応、声のした方に行ってみる。

小春と優佳が、木立の切れ目に佇(たたず)んでいた。揃って下の方を見ている。芳野の気配に気づいて振り返った。

「崖って、これですか」

小春が指さす。指先が、ほぼ真下を指していた。

芳野も指し示された方を見た。木立が突然切れて、崖になっている。相当な高さだ。途中で引っかかるような立木もないし、下は岩場だ。落ちたら、落命は必至といったところだ。それなのに、ネットもフェンスも設置されていない。

「そうなんだよ。以前、台風か何かで崩れて、そのままになっているらしいんだけどね。人が立ち入るところでもないし、崖の縁(ふち)を隠すような低木も草むらもない。普通に歩く分には気づく。知らずに猛ダッシュでもしないかぎり、たいした危険はないだろう」

山登りをしていると、安全対策がしっかり施(ほどこ)された道ばかりではないことは身に染みている。普通に登山客が歩く道でもそれなのだから、このような人が立ち入ることを想定していない場所に危険箇所があっても「気をつけようね」で済ませてしまう。山から事実上足を洗っていても、その感覚は残っている。自分も、奥津も、三原も。

奥津はこの地形を理解している。奥津自身が、ついうっかりでも落ちることはないだろう。三原が策を弄(ろう)さなければ。

「そうでしょうけど」小春は顔をしかめる。

「怖いですね」

「あれ？　春さんは高所恐怖症？」

「その傾向はあります」

「旦那が宇宙工学者なのに？　高いところは専門だろう」

「高さのレベルが違います」

くだらない話をしながら戻る。小春と優佳が、よく乾いた小枝を選んでくれたから、焚き火も心配ない。

同じタイミングで、食材チームが戻ってきた。肉は焼肉用にカットされたものを買ってきているから、包丁を使う必要がない。準備するのは主に野菜だ。肉を包むのに使うサンチュ、タマネギ、ピーマン、ニンジン、カボチャ、レンコンなどがカットされて、カゴに入れられている。

「ご苦労さん」

「僕は全然」三原が答える。「別府くんが大活躍です。硬いカボチャを薄く切ってくれました」

別府はTシャツの「Ｕｎｃｌｅ　Ａｎｋｌｅ」という店のロゴを見せつけるように、胸を張った。

「カボチャくらいなら、いくらでも」

別府は大学生時代にアンクル・アンクルでアルバイトをしていて、そのまま正社員として就職したという経歴を持つ。大学でもワンダーフォーゲル部に所属していて、ハードなトレッキングからぬるいバーベキューまで、何でもござれの逸材（いつざい）だ。

バーベキューコンロ脇のテーブルに野菜の入ったカゴを載せる。すでに肉も準備万端だ。奥津がバーベキューコンロに着火した。家庭用のカセットコンロのようにすぐに火がつき、しかも火勢が安定している。鉄板が十分熱くなるまで、一分ほど待つ。各自が食器セットから縁のある皿を出した。焼肉のタレを入れるから、縁が必要なのだ。

「では、火の通りにくい野菜から」

別府がカボチャやニンジンを鉄板に載せる。ジュッという小気味のいい音が響いた。横では三原がレンコンをアルミホイルに包んで鉄板に載せていた。

「じゃあ、始めましょうか」

三原が宣言するように言った。「ビールの準備をお願いします」

クーラーボックスが開けられ、缶ビールが手渡される。芳野がプルタブに指をかけたところで動きを止めた。

「いいか？　ここで飲んだら、今日はもう運転できなくなるぞ。何か用事を忘れてないか？」

「大丈夫です」

三原が脊髄(せきずい)反射のように答える。芳野がにやりと笑ってビールを開栓した。その様子を見て、三原もあるかなしかの笑みを浮かべた。これで奥津に何かあったとしても、車で運ぶことはできない。この山間まで、救急車がくるのを待たなければならない。そんなことを考えたのかもしれない。

別府が牛肉を鉄板に載せた。三原が缶ビールを目の高さに掲げる。

「奥津さん、歩夏ちゃん、ご結婚おめでとうございます！　乾杯！」

「かんぱーい！」

唱和して、缶ビールを傾ける。

さあ、始まった。

これから、解散する明日の午前中までが勝負だ。

三原よ——芳野は若い友人に心の中で声をかけた。

どうやって、囚われた姫君を解放する？

第二章
トリカブト

奥津は泣いていた。

「俺のせいだ」

何回目かわからないそのつぶやきを、芳野は落ち着かない気分で聞いていた。

奥津がグラスの日本酒をあおる。グラスを乱暴に置いた。震える手でグラスをつかみ、また日本酒を飲む。唇の端からこぼれた酒が、礼服を汚した。

成富則夫と成富聖の告別式は、本日しめやかに執り行われた。芳野と奥津も参列し、二人で奥津のアパートに戻ってきたのだ。

芳野は新婚ほやほやの身だ。けれど奥津を放っておけなくて、妻に断って奥津についてきた。正解だった。今の奥津を一人きりにしておくと、どうなるかわからない。

つくば市役所に勤務している奥津は、官舎に入らず、民間のアパートを借りている。小振りな１ＤＫは山の道具と書籍で埋め尽くされているけれど、普段は整理整頓されている。しかし今夜は、本人の心と同様、荒れ放題だった。

床に散乱している新聞に視線をやる。先週の新聞がそのままになっていることが、奥津が片づけどころの心境ではないことを示している。そしてその原因も、新聞に書かれてあった。

『富士山で大規模な落石事故』

紙面には、大きな見出しが躍っていた。

七合目からの落石が、登山客を直撃した。死者十八名、負傷者五十名以上という、富士登山の歴史上稀に見る惨事だった。そして死亡者の中に、アンクル会のメンバーである成富夫妻も入っていたのだ。

落石は、奥津が引き起こしたものではない。当日、奥津は富士山にすらいなかった。それなのになぜ、奥津は自分を責めているのか。

「娘が部活の合宿なんだよ。せっかくだから、その間に夫婦二人きりで行ったことのない場所に行こうかと思ってね」

いつかの飲み会で、成富則夫がそんなことを言いだした。一人娘の歩夏は、中学二年生だ。所属している吹奏楽部が、県内の大洗町で合宿を行うのだという。

「大洗に行ってみるというのはどうですか？」

武田克彦が提案した。ただでさえ細い目が、糸のようになっている。「それで、現地で歩夏ちゃんに会って『やあ、偶然』って」

「わあっ、過保護！」

武田の隣で上杉小春がはしゃいだ声を上げた。

成富則夫がのけぞった。「よしてくれ。そんなことしたら、口をきいてもらえなくなる」

「まあ、大洗は海ですから」芳野も笑う。「出掛けるといっても、どこかの山に行くんでしょう？」

「そのつもりなんだけどね」

「それじゃあ」奥津が思いついたようにつぶや

いた。「富士山とかは、どうですか？　成富さんたちは、前に富士山に登ってみたいって言ってたじゃないですか」

　成富夫妻が同時に目を大きくした。瞬(まばた)きする。

「富士山か……」

「そういや、結局今まで行ったことなかったよね。メジャーすぎて、逆に行かなかった」

　聖の声が弾んだ。スイッチが入ったときの声だ。聖が身を乗り出した。対面にいた奥津が、同じ距離だけ退(ひ)く。

「奥津くん、ありがとね。考えてみる」

　そして二人は富士山に行き、事故に遭(あ)った。

「あのとき、俺が勧(すす)めなけりゃ……」

　これもまた、今夜何回聞いた科白(せりふ)だろう。

「お前のせいじゃないよ」

「決めたのは成富さんたち自身だ」

　そんななぐさめを口にするのは簡単だ。けれど今の奥津には無意味だということはわかっている。自分の内面に向けさせる発言は避けるべき局面だった。

　芳野も日本酒を飲んだ。グラスをそっと置く。

「気づいてたか？」

　そう切り出した。奥津の、グラスを持とうとした手が止まる。

「今日の告別式。喪主は歩夏ちゃんだった。でも葬儀で動いていたのは、成富さんたちの学校の職員たちだ」

　成富夫妻は、二人揃(そろ)って高校の教師だった。

告別式の事務的な手続きや進行は、二人が所属しているそれぞれの高校から職員たちが出向いて仕切っていたのだ。

「事故のあった日、歩夏ちゃんは合宿中だったよな。警察から連絡を受けて、大洗から富士山に直行した。もちろん中学二年生の女の子を、一人で行かせるわけにはいかない。顧問の先生が付き添った。それから今日の告別式まで、歩夏ちゃんには学校の先生が付きっきりだったそうだ。先生は、どうしてそこまでする必要があったのか」

奥津がのろのろと顔を上げた。澱(よど)んだ目を向けてくる。

芳野は続ける。

「受付にいた職員の人に聞いたんだ。則夫さんも聖さんも、一人っ子なんだそうだ。二人とも地方出身で、縁があって茨城にやってきた。二人のご両親は、すでに亡くなっている。これがどういうことか、わかるか？　この非常事態に、頼りになる親戚(しんせき)が一人もいないってことだよ。だから葬儀には職場の人間が動員されたし、遺児のケアも先生がやっている」

「…………」

「教え子のため。同僚のため。自分の時間を削(けず)って尽くしてくれる先生たちのことは、尊敬するしかない。でも、先生たちだって、いつまでもそうしていられない。じゃあ、誰が歩夏ちゃんの面倒を見るんだ？」

びくりと奥津の身体が震えた。

「誰かが、助けてあげなけりゃいけないんだ。

しかし、扶養義務のある人間はいない。施設に入れるしかないか」

「……いや」奥津の声に意志がこもった。「施設がどんなところか知らないけど、そんなことはさせない」

　奥津の変化に気づかないふりをして、芳野は続けた。

「それなら、誰かが親代わりにならなきゃいけない。未成年後見人ってやつだな。でも、誰でもいいってわけじゃないぞ。素性が明らかで、生活基盤がしっかりしていて、歩夏ちゃんのために時間が取れる人間じゃなきゃダメだ。もちろん、助けるふりをして遺産をかすめ取ろうとする奴なんて、論外だ」

「…………」

「変な言い方だけど、お見合いの釣書に書いて、相手に関心を持ってもらえるような人物こそが、後見人にふさわしい」

「…………」

「もちろん、簡単な話じゃない。面倒な手続きもたくさんある。でも、弁護士である俺なら、手続きができる。できるんだ」

　芳野の目の前にいるのは、両親が普通の勤め人で、本人は地元の国立大学である茨城大学を卒業して、地元のつくば市役所に勤務している人物だ。働いて十年以上経つから、給料も貯金もそこそこある。職場も定時で帰れるし、土日もきっちり休めるから、他人のために時間が使える。何よりも、歩夏の両親から絶大な信頼を得ていて、歩夏もそのことを知っている——。

奥津の、グラスを握る手に力が入った。

このとき芳野が考えていたのは、歩夏ではなく奥津のことだった。もし成富夫妻に対して罪の意識があるのなら、歩夏を助けることが贖罪になるのではないか。そう考えたのだ。やることが明確になっていた方が、精神状態は上向く。

さすがに未成年後見人にまではならないだろう。それでも歩夏の身の振り方が決まるまでは、彼女のために尽力してくれる。それで歩夏が助かるのなら、一石二鳥。そんなふうに考えていた。

奥津がグラスの底にたまっていた日本酒を飲み干した。今度は静かにグラスを置く。

「芳野」据わった目が、正面からこちらを見た。

「頼んでいいか」

*

「肉は、そろそろ食べられます」

牛バラ肉をトングで返しながら、別府が言った。芳野が重々しく首を振る。

「別府くんこそ食べてくれ。若いんだから」

事務局的な立場とはいえ、休日までこき使われるのではたまらないだろう。牛肉くらい、いくらでも食べてほしい。彼が参加してくれるのは、あくまで厚意からだ。

こちらも甘えるだけではいけない。別府のキャンプ費用は、基本的に芳野と奥津が負担することになっている。

　別府が童顔に笑みを浮かべた。「遠慮なくいただきます」

　と言いながらも、みんなが取るのを待っている。こんなところでお見合いしても仕方がないから「主役、まず食べてくれ」と奥津と歩夏を促した。彼らもわかっていて、ためらうことなく焼けた牛肉を取った。タレに付けて口に運ぶ。「うん。おいしい」

「和牛じゃなくてアメリカ産ですけど」

　三原が言い添えた。

「その方がいいよ」芳野は答える。「四十過ぎてから、霜降り肉の脂がダメになってね。こっちの方が食べられる」

「安かったんで、たくさん買ってあります。芳野さんも、どんどん食べてください」

「そうさせてもらうよ。でも本命はレンコンだけどな」

「さすが茨城県民。レンコン生産量全国一位」

　年長者たちが肉を食べたのを見届けて、別府も肉を取る。小春がトングを取り、新しい肉を鉄板に載せた。若い別府と三原の前に大量に載せたのは、彼女らしい気遣いだ。もちろん、主役の前にもちゃんと置く。

　奥津が焼けた肉を取った。そこに歩夏が声をかける。

「サンチュも使って」

　サンチュの載った皿を奥津の前に差し出した。奥津が箸を止める。「おう」

　奥津がサンチュを一枚取って、肉に巻いて口に運ぶ。

「そう。栄養のバランスも考えないと」

「なんだ」二人の様子を見ていた小春が声を上げた。「もう尻に敷かれてるんですか？」

反応したのは歩夏だった。頬を紅潮させる。「いえ、そういうわけでは……」

「尻に敷かれるくらいでちょうどいいぞ」

芳野が会話に参戦する。「旦那が主導権を握ろうとすると、ろくな結果にならない」

「あら。芳野さんのうちもですか？」

「敷かれているかどうかはわからないけど、少なくとも食後に食器は洗ってる」

「偉いじゃないですか」

「食器洗い機にぶち込むだけだけどね」

「それでも立派ですよ」

実感のこもった小春のコメントだった。優佳が軽く首を傾げた。

「武田さんだって、家事は色々やってるでしょ？」

「やってるというか」小春が困った顔をする。「わたしがやらないから、業を煮やして自分で動いてるんだけどね」

芳野がうなだれた。「なんだよ、それ」

いつものように、ゆるい雰囲気で祝宴が始まった。

ひととおり肉とビールを堪能したところで、別府が奥津に尋ねた。

「プロポーズの言葉は、何だったんですか？」

結婚祝いのパーティーでは、必ず訊かれる質問だ。しかし奥津は軽く首を傾げた。「はて、何だったかな」

「またまた」別府が笑う。奥津に新しいビールを渡す。「後学のために、ぜひ」

「いや、とぼけてるわけじゃなくて……」

　奥津が歩夏に顔を向けた。「何だっけ」

「うーん」歩夏も宙を睨む。「これといって、特に」

「じゃあ、どうやって結婚を決めたんですか？」

　真面目な顔で別府が訊いた。その様子からすると、プロポーズがまったく他人事というわけでもなさそうだ。

「うーん」また言った。「あんまり、意識したことがないんですよね。いつの間にか、なんとなく、結婚するんだろうなと思ってました」

「そうだな」奥津もうなずく。受け取った缶ビールを開けた。「結婚するとしたら、歩夏だろうとは思ってたけど。特にきっかけはなかった」

「――そうか」

　芳野は納得した。

　二人の歴史は知っている。劇的な出会いや運命の恋ばかりが、結婚の理由ではない。いつの間にか醸成された愛。二人に当てはまるのは、そんな形だ。

　しかし、歩夏が二十歳を過ぎてからアンクル会に関わった別府には、わからない。なおも食い下がってくる。

「そうなんでしょうけど、今年結婚することに決めたきっかけはあったんでしょ？」

「ああ、それはあった」奥津が、今回ははっきり答えた。「アパートの契約更新時期だったんだ。かなり古いアパートだったんで、この際引っ越そうと思ってね。だったら、歩夏の部屋もあった方がいいかなと言ってたら、なんとなく」

「……そうですか」

　肩すかしを食らったような顔。気の毒だけれど、笑ってしまう。奥津たちは、別にわざとはぐらかしているわけではないのに。自然体はドラマにならないという、いい例だ。

　別府の失望を察知したのかしなかったのか、歩夏が何か思い出したような顔をした。

「そう考えると、プロポーズの言葉になりそうなのは『職場の中間地点は南流山だな』ですか。つくばエクスプレスを使えば、奥津さんのつくばとわたしの秋葉原に同じくらいの時間で行けるのが、南流山ですから」

「それって、プロポーズになるんですか？」

「ほら、『一緒に暮らそう』と同じ意味でしょ？」

「合理的だけど」

　芳野が論評した。「恰好よくは、ないな」

「でも、それって」小春が横から口を挟んだ。「お互い結論が出ていて、後は婚姻届にハンコをつくだけという状態だから通用する話だよね。相手がオーケーしてくれるかどうかわからない状態で言うのは、怖すぎる。『一足飛びに何を言ってんだ』って思われかねない」

　そして別府の方を向いた。

「彼女にプロポーズするなら、もっと気の利いた言葉にした方がいいよ。バイトの美羽ちゃんとつき合ってるんでしょ？」

　別府が顔を強張らせた。ビールのためではない赤みが顔面に広がる。

「いえ、あの子は、別に彼女というわけじゃ、ないです」

　図星を指された反応に、温かい笑いが起きた。

　プロポーズ話の間、三原はずっとにこにこしながら聞いていた。ただ、貼りついたような笑顔だったように見えたのは、気にしすぎだろうか。

　別府が態勢を立て直した。

「僕なんかより、三原さんでしょう。大学のときの彼女さんとは、どうなんですか？」

「ああっ！　古傷を！」

　三原が芝居がかった仕草で、胸を押さえてみせた。

「そんなの、とっくの昔に終わってる。卒業と同時に切れたよ」

「じゃあ、職場にいい人はいないんですか？」

「いないなあ。うちの部署にも女の子はいるけど、みんな大学時代からの彼氏持ちなんだ」

「大丈夫、だいじょうぶ。大学時代からの彼氏なんて、すぐ別れるから。三原くんがそうだったじゃない」

　小春が無責任に言った。

「それが、みんな婚約しちゃいまして」

「あらら」

「会社じゃなければ、趣味ですか」今度は優佳が口を開く。「アンクル会の女性はみんな片づいてるから、他で探してみるという手もありますね」

すると歩夏が大げさに驚愕（きょうがく）の表情を浮かべた。

「三原くん、ひどいっ！　女の子のためにアンクル会を捨てるなんてっ！」

また笑いが起きる。

三原は中学生の頃から山に興味があり、通学路にあったアンクル・アンクルで手ほどきを受けた。いわば、アンクル会のサラブレッドだ。

とはいえ大学は東京だったし、現在の職場も住居も東京にある。とっくにアンクル会を卒業していてもおかしくない。それでもイベントの度（たび）に茨城に戻ってくる三原が、アンクル会から離れることは想像できない。歩夏はそれがわかっていて言ったのだし、みんな冗談として受け入れられる。

そう。三原はアンクル会の重要なメンバーなのだ。成富夫妻が亡くなったとき、奥津だけではなく、他のメンバーも歩夏を助けようと骨を折った。当時中学二年生だった三原が具体的に何かをしたわけではないけれど、彼の果たした役割は大きかったと、芳野は考えている。いくら親切な人たちでも、大人ばかりの集団に一人でいるのは、精神的に抵抗がある。アンクル会に同じ中学生がいたことで、歩夏がかなり安心したことは間違いない。

歩夏にとっては、よかった。しかし三原にとってはどうだったのか。はじめは同情だったのかもしれない。しかしそれはいつしか愛情に変わった。

　ただ、タイミングが悪かった。愛情を自覚する頃には、二人とも高校受験のため会えなかった。高校に進学したら、毎日学業や部活に忙しい。一方アンクル会の活動は、数カ月に一度だ。滅多に会えない歩夏よりも、すぐ近くにいる花に目を奪われることもあるだろう。そうして三原は、歩夏への恋愛感情を、過去の思い出として忘れ去るはずだった。

　しかし本人が忘れたつもりでも、火は消えていなかったのだ。東京の大学に進学しながらも、休みの度にアンクル会の活動に参加したのが、その証拠だ。

　恋人ができても長続きしなかったのも、そのためだ。他の女性を好きになっても、心から歩夏の影が消えることはなかった。三原と交際した女の子は、自分が愛されていないことを悟って離れていった。そんなところだろう。

　三原が歩夏への想いをはっきりと自覚したのは、不幸にも歩夏が結婚することを知ってからだった。

　いくら好きでも、結婚を祝うことができるくらい、三原は大人になっていたはずだった。しかし相手は、二十歳上の奥津だという。三原は奥津を嫌っていたわけではない。むしろ、丁寧に山のことを教えてくれた奥津に対しては、感謝と敬意を抱いていたことは間違いない。

　それでも二十歳違いという事実が、三原から純粋な祝福を奪っていた。不釣り合い――そのひと言が三原の精神を支配した。そしてとどめが、歩夏の告白だ。自分が呑気に遊び暮らしている間、歩夏は奥津に支配され、苦しんでいた。蓄積された十年分の想いが、三原に決断を促した。自らの手を汚しても、歩夏を救わなければならないと。

三原がピーマンを飲み込んで、口を開く。

「別に、キャンプで探す必要はありません。別方面で出会いを待ちますよ。英会話教室とか、スポーツジムとか」

「若者らしくて、よろしい！」

和やかな雰囲気で、祝賀パーティーは進んでいく。奥津を含めて、全員が気を緩めている。いってみれば隙だらけなわけだけれど、だからといって殺しやすいわけではない。参加者全員が一箇所に集まって、お互いがお互いを見ている。行動を起こしにくい状況だ。

芳野は考える。バーベキューの最中に、突然奥津が死亡するとすれば、どのような状況なのか。

肉を喉に詰まらせて窒息か。四十男にそれは考えにくい。

先ほどの若夫婦を思い出す。夫の方は、ヤカンの湯気で火傷していた。いかにもキャンプ慣れしていない手つきだったけれど、あれはベテランでもやらかす失敗だ。奥津もあのようなミスを犯すだろうか。

たとえば、鉄板に手を置いてしまって火傷するとか。ダメだ。そんなことで人が死んだら苦労はない。服に火が燃え移って焼死か。金網（かなあみ）ならあり得なくはないけれど、今日は鉄板だ。

素材を金串（かなぐし）に刺して金網で焼くバーベキューなら、何かの弾みに金串が刺さるというアクシデントも演出できる。でも今日は串を使わない鉄板焼きだ。コンロが炭火でなくガスを使うタイプだから、金網が使えなかったのだ。

では、ガスコンロに鉄板だからこそ起こる事故はないか。家庭用のカセットコンロを複数並べて、その上を覆うように大きな鉄板を置くと、カセットボンベに熱がこもって爆発することがある。実際に、そんな事故が起こっている。奥津の目の前でカセットボンベが爆発するか。

これもあり得ない。正確には、三原が採用するはずがない。奥津のすぐ傍（そば）に歩夏がいるのだ。奥津の近くで爆発事故が発生すれば、歩夏も確実に巻き込まれる。歩夏がたまたま席を外したとか、歩夏がたまたま奥津の陰に入ったときを狙って爆発させられるか。そんな仕掛けをしたら、警察が見破（みやぶ）る。逮捕されたくない三原が採用するとも思えない。

この場に歩夏がいなければ、いきなり鉈（なた）を振り回して全員殺害という荒技（あらわざ）も可能かもしれない。しかし現実には、歩夏は奥津のすぐ傍にいる。

捕まる気は毛頭ない、と三原は芳野に告げた。その言葉を信じるならば、簡単に露見するような手段は採（と）らないはずだ。三原の頭脳と行動力は、それを現実のものにできると、芳野は考えている。

芳野も一応、司法試験に通る程度の頭脳は持っている。もっとも司法試験合格に必要な能力と、犯行計画を立案する能力は別のものだ。だから芳野に、警察の裏をかけるほどの計画を立案できるかは、わからない。とはいえ、それほどお粗末な頭ではないだろう。

その芳野が想像する犯行計画を、三原は実行するだろうか。可能性は十分にある。問題は、どのタイミングで開始するかだ。そして上手に場をコントロールできるのかどうか。

犯罪に思考を巡らせながらも、芳野はいつもと同じように今回のパーティーに参加している。箸でアルミホイルを破った。湯気と共にレンコンが顔を覗かせる。


「これだよ、これ」

醤油を垂らす。ひと切れ取って口に持っていく。

「バーベキューでレンコンというのは、はじめて見ました」

優佳が感心したようにコメントする。レンコンを飲み込んでから答えた。

「確かに、あまりメジャーじゃないかもしれません。でも、おいしいですよ」

優佳が倣ってレンコンを取る。よく嚙んで飲み込むと、にっこりと笑った。

「おいしいですね。ほくほくしていて」

「でしょう？　大人の楽しみです」

「大人といえば、これもか」

奥津が手に持った缶ビールを揺すった。「苦みを楽しめるのも、大人の証拠だな」

「あっ」三原が口を開けた。「苦みっていえば、奥津さん、山菜を摘んでませんか？」

「あっ」奥津が三原と同じ反応をした。「そうだ。忘れてた」

缶ビールと皿をテーブルに置いて、テント脇に移動した。そこには、丸めた新聞紙が置かれていた。テーブルに持ってきて、広げる。新聞紙の中から、葉に切れ込みが入った草が大量に出てきた。白い花も混じっている。

「ニリンソウだよ」奥津が言った。「近くにたくさん生えてたから、摘んできた」

別府が覗きこむ。「見事なものですね」

「いつものように天ぷらにしようと思って、道具と材料も準備してきたよ」


来た！

芳野は緊張に身を硬くした。

ニリンソウは、春の山菜として有名だ。しかしニリンソウには、気をつけなければならないことがある。猛毒のトリカブトが交ざることがあるのだ。

ニリンソウとトリカブトは生息地が同じだし、混生していることも少なくない。外見もよく似ているから、間違って食べて食中毒を引き起こす事故が後を絶たない。死亡例も少なくない。

三原がこのキャンプ場を選んだ理由のひとつは、ニリンソウが採れるからだと、芳野は睨んでいる。ニリンソウが生えていれば、奥津は摘む。今までの経験から、三原はそのことを知っている。下見に来て、ニリンソウに交じってトリカブトが生えていることも、確認しているだろう。

奥津はニリンソウとトリカブトを見分けることができる。トリカブトを避けて、ニリンソウだけを摘むことが可能なのだ。事実、彼が摘んできたニリンソウを、芳野は何度となく食べてきた。中毒したことなど、一度もない。

しかし過去がそうだからといって、今日トリカブトが交ざっていないとは限らない。もし奥津がトリカブト中毒で死亡したら、警察は誤ってトリカブトを摘んでしまった事故と判断する可能性は高い。

人は、自分が採ってきた食材を怪しまない。何度もやってきたことなら、特に。三原がニリンソウにトリカブトを混ぜて奥津に食べさせることができたら、奥津は何の疑いもなく食べるだろう。そして中毒する。毒の量が多いと、まず助からない。歩夏との結婚を目の前にして、事故死するわけだ。

奥津がニリンソウをまた新聞紙にくるんだ。

「洗ってくる。ホノちゃんは天ぷらの準備をしてくれ」

歩夏が返事をする前に、三原が新聞紙を奪い取った。

「主役にそんなことをさせるわけにはいきません。別府くん」

「心得てます」別府も缶ビールと皿を置いた。「天ぷらグッズは、奥津さんのテントですか?」

三原は奥津と歩夏に向かって微笑みかけた。

「ここは僕たちがやりますから、ビールを飲んでいてください」

　ニリンソウを洗いかごに移し、返事を聞かずに炊事場に向かう。一方別府は、奥津のテントに置かれた天ぷら調理グッズをめざとく見つけだした。

　自然な流れだ——芳野は感心した。何気ない会話のピンポイントを狙って発言し、誰からも違和感を持たれずにニリンソウを手にすることができた。炊事場に一人でいたら、細工はいくらでもできる。

　最も考えられるのは、前もって摘んでおいたトリカブトを混ぜてしまうことだ。全部をトリカブトに取り替える必要はない。トリカブトは猛毒だ。有毒成分であるアコニチンは、二ミリグラムから六ミリグラムで人を死に至らしめる。草一本どころか、葉っぱ一グラムで十分だ。

　しかし、トリカブトを混ぜる機会を得たことは、同時に警察の疑いを招いてしまうことにもなる。もし奥津がトリカブトの毒で死んでしまったら、アンクル会のメンバーは証言することだろう。三原がニリンソウを持って、一人きりになる機会があったと。

　疑いを持たれないためには、さらに工夫が必要だ。三原は、どうするのか。

　別府がカセットコンロに天ぷら鍋を置いた。サラダ油を入れて火を点ける。

　揚げ油を加熱している間に、ボウルを取り出した。市販の天ぷら粉をボウルに入れ、ペットボトルの水をきちんと計量して加えた。菜箸で手早く混ぜる。卵も冷水も必要ないタイプだから、アウトドアで使うにはぴったりだ。

　奥津はキャンプで天ぷらを作る際には、常に同じサラダ油と天ぷら粉を使用している。芳野はその銘柄（めいがら）を憶（おぼ）えているし、当然三原も憶えている。

　三原が戻ってきた。キッチンペーパーで水気をよく取って、食べやすい長さにカットしている。

「そろそろですね」

　天ぷら鍋の温度計を見ながら、別府が言った。

「よっしゃ」

　別府が三原からニリンソウを受け取った。衣（ころも）をつけ、天ぷら鍋に投入した。

　実はニリンソウ自体にも、弱い毒がある。しかし熱を加えれば食べられるから、お浸（ひた）しや天ぷらのような調理方法が有効なのだ。より安全を期（き）するならば、天ぷらにする前に茹（ゆ）でて水にさらせばいいのだけれど、直接天ぷらにしても問題はない。事実、芳野たちはそうやって食べてきたわけだし。

「流れるような動きだね」

　小春が感心したように言った。別府が鍋から目を離さず答える。「奥津さんがやっていたのを、ずっと見てましたから」

「こうやって、技術が伝承されていくんだね」

　奥津が笑う。「技術なんて、そんなたいしたもんじゃないよ」

「いや、たいしたものだ」

芳野は言った。しかし、それは別府の天ぷらを揚げる手つきのことではない。三原が洗ったニリンソウを、別府に揚げさせたことだ。

仮に三原がニリンソウを洗う際にトリカブトを混ぜたとしても、調理を別府に任せたのなら、トリカブトを奥津に食べさせることはできないと判断される。全員を毒殺するつもりでもないかぎり、三原は疑われない。

そうなると次の問題は、どうやって混ぜたトリカブトを奥津に食べさせるかということになる。あるいは、洗うときにトリカブトを混ぜたりしていないのか。彼が何をしようとしているのかは、ここまでの動きからは読み取れない。

天ぷら鍋を別府に任せて、三原は天ぷらの道具の入っていたトートバッグを取り上げた。中から紙皿を取り出す。焼肉に使っている皿は、タレが入っているし、肉の脂も浮かんでいる。天ぷらを食べるには不向きだから、新しい皿を出すのは、当然のことだ。かといって、コンパクトさを追求するキャンプ用の食器セットに、縁のある皿は何枚もない。だから、天ぷら用にはいつも紙皿を使っている。

紙皿に続いて、大小の瓶(びん)も取りだした。大きい方は濃縮タイプのだしつゆ。小さい方は抹茶(まっちゃ)塩だ。アンクル会では、天ぷらを食べるときには天つゆを好むメンバーと、抹茶塩を使うメンバーがいる。どちらにも対応できるように、両方持ってくるのも、いつものことだ。

だしつゆのキャップを開けて、封を切った。

抹茶塩は、まずキャップを取った。そして振り出すための穴の開いた中栓も取って、瓶の口に貼られたシールを剝がした。中栓を戻し、キャップを閉める。

「第一弾、揚がりました」

別府が天ぷら鍋からニリンソウを取り出し、キッチンペーパーを敷いた平皿に載せた。

「おっ、サンキュ」

三原が紙皿を二枚取った。油を切った天ぷらを二枚の皿に載せる。

「奥津さんたちは抹茶塩ですよね。振っちゃっていいですか」

奥津と歩夏に訊く。

「ああ、頼む」

奥津が答え、三原は先ほど開栓したばかりの抹茶塩を振りかけた。小瓶をテーブルに置き、両手で紙皿を一枚ずつ取った。

「どうぞ」

主役の二人に差し出す。

芳野の肌が粟立った。

ここか？

奥津は、目の前に出された皿を受け取るだろう。この場面では、ごく当たり前の行動だ。三原が奥津の行動を制御できる、唯一の機会。奥津に渡したニリンソウの天ぷらに、トリカブトが混じっている？

いや——心の中で芳野は首を振る。

仮に三原がトリカブトを混ぜていたとしても、別府がそれを最初に揚げるとは限らないではないか。別府が最初に取るよう、いちばん上にトリカブトを載せていたとしても、確実性はない。

　何よりも、歩夏に渡ってしまう可能性がある。ニリンソウとトリカブトは、葉を子細に観察すれば違いがわかる。三原は二枚の皿を見て、トリカブトの入った方を奥津に渡すつもりなのか？

　それもない。衣がついて揚げられた状態で区別がつくとは思えない。三原が、自らの手で歩夏に毒を食べさせてしまう危険があるのだ。三原がそのようなリスクを取るはずがない。

　それでは、やはり別府が揚げた天ぷらに、トリカブトは入っていないのだ。それならば、どうやって奥津にトリカブトを食べさせるのか。

　別府が揚げた天ぷらにトリカブトは入っていない。しかし奥津が食べた天ぷらにトリカブトが入っていた。

　まるで手品だ。マジシャンが「はいっ」と声をかけると、ニリンソウがトリカブトに変わる手品。いくら三原が器用でも、そんなことができるわけがない。

　待てよ。天ぷらをすり替える必要は、別にないのではないか。

　天ぷらを、足せばいいのだ。

　トリカブトを事前に入手することはたやすい。ここに来て、摘めばいいだけの話だ。というか、ここに生えているものを使う必要がある。他の地域でもトリカブトは生えているだろうけれど、警察が詳しく調べたときに、別の地域のトリカブトが持ち込まれたことを見抜く危険があるからだ。

　このキャンプ場でトリカブトを入手した三原は、前もって――たとえば昨晩――自宅でトリカブトの天ぷらを作っていたのではないか。

　三原は、奥津が使っているサラダ油も天ぷら粉も銘柄を知っている。同じ材料を使えば、どこで作られた天ぷらか、警察には区別できない。

　大量に作る必要はない。葉っぱ一グラムでも人を殺せるのだから、ゆとりをみて数枚の葉を天ぷらにしておけば足りる。茹でた後水にさらして作るお浸しですら、中毒する事例があるのだ。さっと揚げたくらいで毒性は失われない。

　そして今日、隠し持ってきた。ビニール製のチャック付き袋にでも入れておけばいい。天ぷらを入れるのは、縁の高い紙皿だ。こっそり入れても気づかれない。そしてトリカブトの天ぷらの上に、別府が揚げたニリンソウの天ぷらが加わる。その時点で、区別はなくなる。奥津は何の不審も抱かずに、ニリンソウとトリカブトを同時に食べるだろう。

　これか？　これが正解なのか？

　結論を出しかけた芳野を、芳野の理性が止めた。

　バカ。現実を見ろよ。

　芳野の理性が芳野自身を叱りとばした。三原の動きをずっと見ていただろう。チャック付き袋を取り出して、口を開けて、中身を皿に出すなんて動きをしたか？

　芳野は心の中で首を振る。そんなことはしていない。隠し持ったものを取り出すのは、動作としては実は面倒だ。しかも油のついた天ぷらとくる。ビニール袋の内側に貼りついてしまい、取り出すのにはかなりの手間が必要になる。

チャック付きビニール袋でなくても、三原は直接触れないようにして持参しなければならない。何といっても、相手は天ぷらだ。裸のままズボンのポケットに入れて、それを素手（すで）でつまんで取り出すなんてことはできないのだ。

三原がトリカブトの天ぷらを前もって用意したのであれば、何かに入れて持って来たのは間違いないのだ。入れたのなら、出す作業が必要だ。しかしそんな動作を、三原はしていない。

少し緊張が緩んだ。事前に調理したトリカブトの天ぷらを混ぜる手法は、現実にはあり得ないことがわかったからだ。

しかし三原の計画はわからない。三原はこの局面では奥津を殺害しないのか？　ここを逃すと、トリカブト中毒を装（よそお）うことは、できなくなる。ただ、安全なニリンソウの天ぷらを食べる会になってしまうぞ。

そこまで考えたとき、頭を叩（たた）かれたような感覚があった。

安全なニリンソウの天ぷらを食べる。そのとおりだ。でも、それでも中毒することはあり得ないのか。

矛盾（むじゅん）した考えに思える。実現するためには、発想を転換しなければならない。

人間は、トリカブトで死ぬのではない。トリカブトが持っている毒で死ぬのだ。トリカブトを食べさせる必要はない。トリカブトに含まれているアコニチンを摂取させれば、それで用は足りる。

別に実験器具を使って毒素を抽出しなくてもいい。刻んで絞れば、十分な量のアコニチンが得られる。葉ではなく根を使えば、もっと効率がいい。

思い出せ。三原は、天ぷらに抹茶塩を振りかけたではないか。毒素は、天ぷらではなく、抹茶塩に含まれていることは考えられないか。

いや。抹茶塩の瓶は奥津のトートバッグから取り出したではないか。

違う。三原は紙皿を取り出すときに、トートバッグに手を突っ込んだ。こっそりすり替えることは簡単にできる。

ダメだ。三原は、芳野の目の前で抹茶塩の瓶を開封している。瓶の口に貼られたシールを剝がしていた。あの抹茶塩は新品だ。毒入りではない。

そうじゃない。そんな偽装は簡単にできる。シールは紙製だ。そっと剝がして、また張り直すことは容易にできる。シールに細工の痕跡は残るが、バーベキューコンロで焼いてしまえば証拠は消え去る。

——バカバカしい。芳野は自らの妄想を打ち消した。

三原は、抹茶塩を歩夏に渡す天ぷらにも振りかけていたではないか。どのような細工をしようと、同じ瓶から毒素を出したり出さなかったりできるはずがない。抹茶塩に毒を仕込むことはできない。

　では、あの皿に危険はないのか。いや待て。前もって毒を抽出しておく案は、まだ捨てるには惜しい。たとえば自宅で毒入りの絞り汁を作って、脱脂綿か何かに含ませておけば？

　トリカブトの天ぷらを取り出すより、はるかに動きは少なくて済む。紙皿をトートバッグから取り出す際、手を突っ込む。そのとき隠し持っていたチャック付き袋を強く握ればいい。口が開いて脱脂綿に含まれた液体が皿の上に落ちる。毒が垂れた紙皿にニリンソウの天ぷらを載せれば、アコニチン入りの天ぷらができあがる。チャック付き袋と中の脱脂綿は証拠になるけれど、抹茶塩のシールと同じだ。奥津が中毒症状を起こして騒然となっている隙に、燃やしてしまえばいい。

　この方法なら、奥津を殺せる。

「ふうっ」

　芳野は他人に聞かれないようにため息をついた。

　ありえない。

　トリカブト中毒は、嘔吐を伴う。しかも症状は、早ければ食べてから十分程度で始まる。警察は、嘔吐物を調べるだろう。中からトリカブトが出てこなければ、事故の可能性を捨てる。そして殺人事件としての本格捜査が始まる。三原の逮捕は確実だ。

　やはり、トリカブトそのものを食べさせなければならない。たとえ葉っぱ一枚でも。しかしそれは不可能なのだ。

「サンキュ」

奥津が三原から紙皿を受け取った。歩夏がもう一枚を受け取る。

二人揃って天ぷらをかじる。さくっという音が、ここまで聞こえてきた。

「うん。おいしい」

歩夏は別府に声をかけた。

「ありがとうございます。とってもおいしいです」

別府は微笑んだ。

「お礼は、摘んだ奥津さんに言ってください」

いい青年だ。芳野はそう思う。本当なら、彼のいるところで行動を起こしてほしくなかった。けれど、それは仕方がない。別府が参加できないタイミングを待っていたら、奥津と歩夏は結婚してしまう。今日しかなかったのだ。

芳野もニリンソウの天ぷらをかじる。芳野は天つゆ派だ。衣に染みた天つゆが、ニリンソウのおいしさをさらに引き立てる。確かに、奥津が揚げた味と同じだった。

「あら、もうなくなっちゃった」

小春が驚いたような声を出した。「ニリンソウ、あんなにあったのに」

「まあ、火を通せば小さくなりますから、すぐですよ」

別府がカセットコンロの火を消した。

「油は、どうするんですか？」

優佳が尋ねた。「薬剤で固めて？」

「いえ、持ち帰ります」

別府に変わって奥津が答えた。

「冷まして、ペットボトルに入れて持ち帰るんです。天ぷら油をバイオディーゼル燃料に加工する技術があるのを、ご存じですか？」

優佳は宙を睨んだ。

「ああ、聞いたことがあります」

「それです。私がいる部署じゃありませんけど、つくば市でも取り組みが始まっています。飲食店や一般家庭から廃油を回収して、バイオディーゼル燃料に変えて市バスに使っているんです。コストは普通の軽油より高くなりますけど、未来に向けた事業ですね」

「そうなんですね」優佳が感心したように瞬きした。

「本当は」小春が自分のお腹を叩いた。「この脂肪を燃料にしてほしいんだけど」

「あ、それ、わかる」

仲良しの二人が笑った。見るからに、肥満とはほど遠い同士なのに。

「まあ、天ぷらも食べ尽くしたことだし」優佳が話題を変えた。「焼肉に戻りましょうか。天ぷらを食べたことで、舌もリセットできました」

「そうですね」三原が優佳に賛成した。「まだ肉も野菜もサンチュもあります」

「おっしゃ、再開だ」

奥津がアルミホイルに残ったレンコンを取った。優佳と小春が肉と野菜を鉄板に載せていく。

芳野はほんのわずかな違和感を抱えたまま、

クーラーボックスにビールを取りに行った。

何だ？　この違和感は。

新しい缶ビールを開けて、ひと口飲む。

　このタイミングで、奥津をトリカブト中毒にするのは不可能だとわかった。正確にいうと、三原が逮捕されないように実行するのは。

　それは正しい結論だ。奥津が最初に天ぷらを食べてから、もう二十分が経過している。中毒に個人差は大きいと聞いているけれど、仮に三原が何らかの策を弄してアコニチンを摂取させていたのなら、奥津は今頃のたうち回っているだろう。

　三原は、トリカブトで奥津を殺害することを諦めたはずだ。夕食後、他の方法で殺害しようとするのだろう。

　それはわかった。わかっている。それなのに、なぜ違和感が残っているのか。芳野は今までの三原の発言と行動を思い返した。何か、不自然なところはないか。

　——あった。

「まだ肉も野菜もサンチュもあります」

　これだ。今まで、自分たちはサンチュを野菜のひとつとして数えていた。確かに、他の野菜は単体で食べる。一方サンチュは、肉を巻くという、いわば添え物として扱われている。その違いは存在する。でもサンチュは間違いなく野菜だし、自分たちもそう扱ってきた。

　それなのに、三原は野菜とサンチュを分けた発言をした。それはつまり、三原自身がサンチュを他の野菜とは違ったものとして認識していることの証明ではないのか。

なぜ三原は、サンチュを別扱いしたのか。単体では食べないところか。肉に巻いて食べるところか。バーベキューで食べる食材のうち唯一、生で食べるところか。

――その全部だ。

芳野は、奥津にトリカブトを食べさせる方法に思い至っていた。

天ぷらにするんじゃない。生のトリカブトの葉を、肉と一緒にサンチュに巻けばいい。まとめて食べれば、奥津がトリカブトの存在に気づくことはない。

三原はサンチュを使って奥津を殺害しようとしているのか。だから、サンチュを気にしていることを口に出してしまった。本命がこの手段だからだ。

ちょっと待て。そんなことができるのであれば、どうして最初からやらなかったのか。どうして今まで引っ張ったのか。

簡単だ。トリカブトをニリンソウと間違って食べるという演出が必要だからだ。パーティーのどのタイミングでニリンソウが登場するか、わからない。開始当初にトリカブトを食べさせて、中毒症状が出るまでに天ぷらを食べていなければ、あからさまな殺人事件になってしまう。どうしても、ニリンソウを食べた後に食べさせなければならない。

逆にいえば、ニリンソウの天ぷらを食べた後であれば、トリカブトは天ぷらでなくてもいい。胃酸に晒（さら）されてしまえば、それが衣がついて揚げられたものかはわからなくなる。あまり時間をおかずに食べさせることができれば、目的は達成できるのだ。

　奥津が中毒したら、アンクル会のメンバーは、揃ってニリンソウの天ぷらを食べたと証言する。トリカブト中毒が起こったら、まず間違いなくそちらに意識が持っていかれる。まさか、その後焼肉に混入したとは考えない。だから三原がどのような行動を取ろうと、トリカブトと結びつけて考えられることは、ない。

　後は、どうやってサンチュにトリカブトを載せるかという、技術論になる。天ぷらや抽出液と違って、生の葉はかなり取り扱いが容易だ。肌に直接触れるのは避けたいけれど、極端な話、シャツの胸ポケットに入れておいてもいいのだ。ちょっとした仕草、たとえばティッシュペーパーを取るとか、新しい焼肉のタレを出すとかの自然な仕草の際、さりげなく胸ポケットから葉を出して、サンチュの上に置けばいい。その上に焼けた肉を置いて、奥津に差し出す。奥津は何の疑いもなく受け取って、サンチュを巻いた肉を食べるだろう。中にトリカブトが入っているとも知らずに。

「まだ肉はありますから、どんどん食べましょう。この辺の肉は、そろそろ焼けますよ」

　三原がトングで牛肉をひっくり返した。そして奥津を見る。

「そうか。奥津さんはサンチュとセットでしたっけ。栄養のバランスを考えて」

「いちいち繰り返さないの！」

歩夏が膨れる。とても愛らしい仕草。

じゃあ、と三原が手を伸ばしかけた。芳野も身体が反応した。

次の瞬間、優佳がサンチュの皿を横から取った。三原の動きがほんの小さなものだったから、気がつかなかったようだ。皿を小春に向ける。

「小春も野菜を食べなきゃ」

「お母さんか、あんたは」

「ほら、医者の不養生(ふようじょう)っていうし」

小春がなおもブツブツ言いながら、サンチュを取った。優佳も取ると、皿が空になった。

優佳が野菜の入ったカゴに視線を向けた。

「まだあるかな」

軽やかな動作でカゴに向かう。カゴに少し残っていたサンチュを取って、皿に載せた。戻ってくる。

「さあ、奥津さんも」

サンチュの載った皿を、自分と奥津の間に置いた。三原の手の届かないところに。

「ありがとうございます」

奥津が礼を言ってサンチュを取った。肉に巻いて食べる。トリカブトの入っていない状態で。

芳野はそっと三原を見た。そして目を見張った。

三原は、はっきりと悔(くや)しそうな表情を見せていた。

やはり、ここが本命だったのだ。

歩夏が栄養のバランス云々(うんぬん)と言ったためか、

みんながサンチュを使うようになった。

「とうとう終わっちゃいました」優佳が空になった皿を見て言った。「肉はまだ残ってますから、後は栄養のバランスを考えずに食べますか」

「そうするしかないですね」

歩夏が返して微笑んだ。

全身から力が抜けた。

他人に気取られないよう、息を吐く。

バーベキューパーティーでは、三原は奥津を殺害できなかった。

お姫様は、まだ囚われたままだ。

第三章 崖

「せっかくの休みなのに、申し訳ない」

　奥津が言った。年長者の神妙な態度に、武田克彦が戸惑ったような顔をした。

「いえ、僕たちは全然大丈夫です」

　とある土曜日の昼下がり。芳野は奥津と共に、武田のアパートを訪れていた。

　といっても、正確には武田に用があったわけではない。芳野たちが話をしたかったのは、上杉小春だ。

　共にアンクル会に所属している小春と武田が交際していることは、周知の事実だ。近々結婚することも。週末は二人が武田のアパートで過ごすことも知られていたから、武田に連絡を入れたのだ。二人に会いたいと。小春に折り入って相談があることも、正直に告げた。

　元々、一人暮らしのアパートだ。小春の分はともかく、来客用の椅子など用意していない。武田は二人が使っているダイニングチェアを、来客に勧めた。小春はパソコンデスク用の椅子を持ってきて、家主の武田はなんとクーラーボックスに腰掛けた。

　武田は、小春が淹れてくれたコーヒーをひと口飲んだ。

「外の喫茶店や飲み屋でなくて、うちに来たということは」こちらに鋭い目を向けてくる。

「人前では話しにくい内容ですね」

そして小春を見る。

「こいつに用事があるのなら、僕は席を外しましょうか？」

「いや」芳野は掌を武田に向けた。「武田くんにも聞いてほしいんだ。君にも、ある程度の負担をかける話だから」

腰を浮かしかけた武田が、あらためてクーラーボックスに座った。

「成富さんのことなんだ」

先日、四十九日法要が終わった故人の名前を出した。二人の顔が引き締まる。

「歩夏ちゃんですね」

小春が口を開いた。芳野がうなずく。

「そう。聞いているか知らないけど、則夫さんも聖さんも、つき合いのある親戚がいない。両親同時に亡くなってしまったから、歩夏ちゃんは天涯孤独になってしまった」

恋人同士が同時に首肯する。どうやら、成富家の事情を聞いているようだ。それなら話を進めやすい。

「誰かが面倒を見なければいけない。本人ともよく話をして、奥津が未成年後見人を引き受けることになった。法的な手続きはすべて俺が済ませた」

武田が細い目を見開いた。

「そうか。芳野さんは弁護士さんですものね。それにしても、奥津さんが？」

奥津がうなずいた。

「養子縁組するのでなく、未成年後見人ですか」

「俺は独身だからな。親代わりにはなれないよ」奥津が小さく笑った。「あくまで、歩夏ちゃんが大人になるまで支援すること。それが俺の役割だ」

芳野が後を引き取る。

「知り合いの税理士に頼んで、成富家の財産を整理した。こちらも正式な手続きを経て歩夏ちゃんが相続した。マイホームのために頭金を貯めていたのか、ある程度の預金もあった。当面の生活には困らない」

「それは、使わないよ」奥津が簡単に言った。「遺産は、歩夏ちゃんの将来のために使うものだ。それまでは、俺が面倒を見る」

「…………」

武田がまた目を大きくする。反対に、小春は納得したように目を閉じた。小春は思い出したのだろう。居酒屋で富士登山を勧めたのが奥津であることを。そして告別式での、憔悴（しょうすい）しきった奥津の姿を。

芳野は話を続ける。

「当面の間は、今の賃貸マンションに住み続けてもらう。管理会社とも、家賃を奥津が払うことで話をつけてきた。ただ、家賃もそれなりに高いし、一人で住むには広すぎる。本人も、近いうちに遺品を整理して、小さなアパートに移りたいと言っていた。三年になると高校受験が本格化するから、二年のうちに済ませた方がいいだろうな」

「奥津さんが契約して、歩夏ちゃんを住まわせる感じですか」

「そうなるだろうな。未成年の一人暮らしだと正直に言ってしまうと、大家が嫌がる。奥津が住むことにして、実態は歩夏ちゃんが住む。それで何か起きても問題にならないような契約条件の物件を探すよ。不動産関係は専門じゃないけど、まあなんとかなるだろう」

小春が小さく笑う。「芳野さん、大活躍ですね」

芳野は首を振った。

「俺なんか、たいしたことはしてないよ。ちょっとした手続きの書類を書くだけだ。大変なのは、奥津の方だ。歩夏ちゃんはまだ十四歳。大学を出て就職するまでの八年間、ずっと面倒を見続けるんだから。まあ、奥津には妹がいる。年下の女の子との向き合い方は心得ているから、大丈夫だろう。一部を除いては」

小春が納得顔になった。

「それで、わたしですね」

小春は医師だ。ただし、病院で患者を診る臨床医ではなく、病気の治療法を開発する研究医だという。つくば市にある国の研究機関で働いている。

「そう」芳野はコーヒーを飲んだ。「奥津が全力で歩夏ちゃんを支援しても、どうしても行き届かないところがある。女性ならではのことだ。身体の変化。女性じゃないとわからない悩み。ファッション。化粧。そこいらへんについては、奥津は全く無力だ。市内に住んでいて、頼りになる女性が必要なんだ。上杉さんは医者だから、身体のことは間違いない。歩夏ちゃんも上杉さんを子供の頃から知っているから、相談することに抵抗はないだろう」

奥津が、年下の友人に深々と頭を下げた。

「無理なお願いなのは承知している。でも、君しか思いつかなかったんだ。ときどき顔を見に行って、相談に乗ってあげてくれないか」

そして武田に顔を向ける。

「これから結婚するってタイミングでこんなことを頼んで、申し訳ない」

武田は表情を緩(ゆる)めた。

「小春が歩夏ちゃんを支援すると決めたのなら、僕は小春を支援する。それだけのことです」

小春も笑顔になった。自分が好きになった男性なら、こう答えるだろうと予想していた顔だ。

「わたしはいいですよ」

小春は答えた。「支援なんて、大げさな話じゃありません。歩夏ちゃんとは春夏コンビの友だちですから。友だちとしてできることをします」

満額回答だ。奥津が安堵の息を吐いた。

「そう言ってくれれば、助かるよ」

「ただし」小春が自分自身を指さした。「こんな女がもう一人できたとしても、恨まないでくださいよ」

そう言って朗(ほが)らかに笑った。見るものを安心させる笑顔。つられて芳野も奥津も笑った。

この人がいてくれて、本当によかった。

＊

「後片づけまでが、バーベキューだな」

芳野はそう言って、割り箸と紙皿を集めた。手を拭いたり野菜の水気を取るのに使ったペーパータオルに、皿に残ったタレを吸わせる。

「僕たちは洗い物に行ってきます」

別府がそう言い、三原と共にトングなどの調理器具を洗いに行った。最も面倒な作業を、若い二人が請け負ってくれた。ありがたい話だ。

「テーブルは、きれい好きなわたしたちで」

小春と優佳が、テーブルにスプレー式の洗剤を噴霧して、ペーパータオルで拭く。

「ペーパータオルはゴミになるけど、こういうときは、やっぱり便利だね」

優佳があまり罪悪感を感じさせない口調で言った。ペーパータオル数枚でエコロジーもないだろうと思っているのかもしれない。

「キャンプ場に捨てていくわけじゃないし、ちゃんと持ち帰るから、いいんじゃないの？」

「そういうことにしよう」

使い終わったペーパータオルは、芳野のゴミ袋にまとめた。

「俺たちは、空き缶を洗うか」

奥津が、隅にまとめてあった空き缶を指した。数えると、空き缶は二十本あった。七の倍数になっていない。二缶飲んだ人と三缶飲んだ人がいたらしい。

「そうだね。車の中で臭うと嫌だし」

「ゴミ袋に入れるのは、洗ってからな」

「わかってる」

とはいえ、二人で空き缶を十缶ずつ持っていくわけにもいかない。芳野と小春、そして優佳が協力して空き缶を炊事場に持っていった。帰りはゴミ袋に入れてくればいい。

戻った芳野は、小春たちが拾ってくれた小枝で、焚き火台に火を熾した。

全員の作業が終わってバーベキューの痕跡がなくなった頃には、周囲が暗くなってきた。照明なしでも道は歩けるけれど、本は読めないというくらいだろうか。山間だから、今からすぐに暗くなる。

「戻ってくるとき、向こうのキャンパーさんと会いました」

カゴやトングを洗ってきた別府が言った。

「にこやかに挨拶してくれました。表情が硬くなかったから、僕たちがうるさくして迷惑をかけたわけではなさそうです」

「よかった」芳野が応じる。「まあ、距離も離れてるしな。こっちも、向こうの声は聞こえなかったし」

「今からだよ」歩夏が釘を刺す。「酔っ払ってからが大変なんだから」

「それもそうか」

奥津が焚き火を見て、口を開きかけた。しかし「おっと」と自分の口をふさいだ。その様子に、芳野がにやりと笑う。

「よろしい」

その様子を、優佳が不思議そうに見ていた。

小春が解説する。

「キャンパーは、焚き火にこだわる人が多くてね。火の勢いに好みがあるんだ」

焚き火台を指さす。

「今日は芳野さんが熾したから、けっこう炎が上がってるでしょ。でも奥津さんは、ほのかに赤いくらいが好きなんだ。以前、論争になって収拾がつかなくなったから、それ以来、人の焚き火にコメントしないルールになったんだ」

「なるほど。議論して結論が出る話じゃなさそうだし」

「そういうこと。じゃあ、自分の椅子とテーブルを持ってこよう。芳野さん、どんなふうに座ればいいいんでしたっけ」

「えっと……」芳野は段ボール箱に入った酒の瓶を見た。人数が多いと、酒の好みも違ってくる。会社の宴会じゃないのだから、好きでもない酒をつき合いで飲む必要はない。かといって一人一本は多すぎるから、買い出しの酒屋でみんなの希望を聞いて買ってきたのだ。飲みたい酒を、近くにいる人間で飲めばいい。

「ワイン組と日本酒組とウィスキー組だ」

「ワイン組は、女性三人ですね。わたし、優佳、歩夏ちゃんが並びます」

「日本酒組は、奥津と俺だ。ウィスキー組は三原くんと別府くんだな」

「ふむ」優佳が自らの顎（あご）をつまんだ。「歩夏ちゃんと奥津さんは隣同士でしょうから、二人の左右にワイン組と日本酒組が並ぶことになりますね。その両端をウィスキー組がつないで輪になる感じで」

優佳の言うとおりに、みんな自分の椅子とミニテーブルを持ってきて、焚き火を囲んだ。

歩夏を起点とすると、右回りに小春、優佳のワイン組が座り、その隣に三原、別府のウィスキー組が続く。そして芳野、奥津の日本酒組が、ワイン組の歩夏とつながるという席順になった。

この並びだと、芳野の正面には優佳、そして芳野から見て右側に三原がいることになる。三原は、奥津の正面だ。焚き火を挟んだ対角線上にいるともいえる。対角線といっても、二メートルも離れていないけれど。

つまりは、芳野の場所から三原の顔がよく見えるわけだ。


芳野は段ボール箱を持ってきて、それぞれが飲む酒を渡した。グラスは、自分たちのチタンカップだ。ミネラルウォーターのペットボトルも各自に渡す。

芳野が座ると、今度は三原が立ち上がって、買い物袋を持って戻ってきた。これもまた、酒屋で買ったおつまみ類だ。

「みんな、自分が買ったものを取って廻してください。奥津さんの分は歩夏ちゃんが選んだから、文句を言わずに食べてくださいね」

笑い声の中、三原は鮭トバを取って、買い物袋を隣の優佳に渡した。

「わたしたちが買ったのって、どれだっけ」

どれどれと小春が買い物袋を覗きこむ。

「カマンベールチーズと、干し貝柱と、チキンジャーキーと……後、もうひとつ」

「サラミソーセージです。もう切ってあるやつ」

歩夏が補足し、優佳がそれだけのものを取りだした。ずいぶんと多いし、白ワインと赤ワインの両方を飲むつもりだという決意が伝わってくる選択だ。小春も飲めないわけではないけれど、優佳はかなり飲む。しかも飲んで平然としている。酒豪の美女が実在するとは思わなかった。

買い物袋が小春を経由して歩夏に渡る。歩夏は奥津のために買ったタラの干物とカワハギの干物、そしてホタルイカの干物を出した。買い物袋が奥津経由で芳野に廻ってくる。自分で選んださきいかを取った。別府がビーフジャーキーを取って一巡だ。

それぞれの酒を、それぞれのカップに注いだ。

「じゃあ、あらためて」三原がウィスキーの入ったチタンカップを掲げた。「乾杯」

芳野もカップの日本酒を飲む。キリッとしていながらも、淡麗(たんれい)でない味わいが心地よい。

「どこの酒？」

奥津が訊いてくる。

「秋田だ」

茨城にもいい地酒があるけれど、今日は秋田と青森を選んだ。

「たまたま好きな銘柄が酒屋に置いてあったんだ」

話しながら、そっと三原の様子を窺(うかが)う。

三原の表情は、もう完全に戻っている。

といっても、トリカブトを奥津に食べさせようとして失敗したときだって、表情の変化はごくわずかだった。注意して観察していた芳野でないと気づかないくらい。それでも、間違いなく彼は表情を歪めていた。

完璧に近い計画だった。あらためて芳野はそう思う。安全な天ぷらを食べさせた後、まったく違う形で毒を食べさせる。失敗したのは、偶然に過ぎない。

用意したトリカブトは、もう処分してしまっているだろう。といっても、ここはキャンプ場だ。すぐ傍にトリカブトが生えているわけだから、処分するまでもない。そこいらに無造作に捨てれば、他の多くの自然物に紛れて、わからなくなる。その意味でも、よく練られた計画だということがわかる。

しかし、結果がすべてだ。奥津はこうして生きているし、平気な顔で日本酒を飲んでいる。三原は何もしなかったのと同じことになる。

三原は、これからどうするつもりだろう。キャンプ場でないと事故に見せかけられないと、以前話していた。ということは、やはり今回実行しなければならない。トリカブトが失敗したときのために、プランBを用意しているのだろうか。

芳野は空を見上げた。空は急速に暗くなってきた。すでに焚き火の炎が照明として機能し始めている。辺りが暗いと、行動はかなり制限される。トリカブトのように、手の込んだ細工はしにくい。しかし、暗いからこそできることもあるのだ。

「本当に歩夏ちゃんがお嫁に行くんだなあ」

　小春がぽつりと言った。「成富さんが生きていたら、どれほど喜んだことか」

「どうだろう」奥津が頭を掻いた。「相手が俺だとわかったら、絶対に反対すると思うぞ」

「そうですか？」小春が疑問を呈す。「地元の国立大学を出て、地元の公務員になったんでしょ？　これほど安心な相手もいないじゃありませんか」

　小春の言うとおりだ。事実、奥津が公務員であることは、未成年後見人として推薦するための説得材料になった。

「成富さんたちは肩書きよりも中身重視の人だったから、どうだろうね」芳野が口を挟んだ。

「でもまあ、両親の立場からすれば、安定した収入がある男と結婚してほしいと思うはずだ。その意味では合格点かな」

「現在無職の、ミュージシャンの卵じゃダメですか」

　優佳が昔のマンガみたいなことを言う。

「あり得ないですね」娘がいる芳野は即答する。ちなみに娘は、今年小学校に入学した。

「学歴と職業は問題ない」

　小春が開いた掌から、親指を折った。

「失礼ながら、相手の親が浮気を心配するようなハンサムではないし、逆に平家の怨霊みたいに怖い顔をしてるわけでもない」

　今度は人差し指。

「人当たりはいいし、わたしが知るかぎり、大声で怒鳴ったりするのを聞いたことがない。性格も問題なし」

　中指も折った。

「趣味は両親と同じだから、文句を言われるはずがない」

　薬指まで来た。

「何よりも両親が長いつき合いで、深い信頼を寄せている」

　ついに握り拳になった。小春が顔を上げる。

「完璧じゃないですか。親の立場として、これほど娘の相手にふさわしい人はいませんよ」

「年齢差さえなければね」

　芳野が混ぜっ返した。「普通なら、相手が二十歳上と聞くと、親はまず引くと思うぞ」

「そうなんだよ」奥津がまた頭を掻く。「うちの家族も大騒ぎになった」

　小春が訝しげな顔になる。「反対されたんですか？」

「いや」奥津が困ったように笑った。「反対されたんじゃなくて、純粋に驚かれた。とはいえ、最初の衝撃が去ってしまうと、親は喜んでくれたよ。四十過ぎても独身だった息子が、ついに結婚するわけだからね。むしろ、ドン引きしたのは妹だ。なにしろ十六歳下の義姉ができるんだ。自分の子供の方が、年齢が近い」

「可南さんは、すごく歓迎してくれましたよ」

　慌てて歩夏がフォローした。「おかげで、すごく安心しましたから。というか」

　歩夏は隣の婚約者を睨みつけた。

「この人がわたしの後見人をしていたことを、ずっと家族に言ってなかったんです。まずそこで紛糾しました」

「えぇーっ！」小春が目を丸くした。「そんな大切なことを？」

「わかりやすく説明するのが難しくてね」どう聞いても、言い訳口調だ。「話しそびれてたら、十年経ってしまった」

　小春が天を仰いだ。「呆れた」

　奥津が日本酒の瓶を取り、芳野のカップに注いだ。「考えてみれば、芳野に説明を頼めばよかった。人を説得することに関しては、天下一品だからな」

「俺に振るな」

　芳野も奥津のカップに日本酒を注ぐ。

　日本酒を飲みながら、三原を見る。三原は笑顔で話を聞いていた。やはり、貼りついたような笑みだ。

　先ほど小春が、奥津は歩夏の結婚相手として完璧だと言った。それでは、三原はどうだろう。

　一流大学を卒業して、東証一部上場企業に就職した。

　浮気を心配されるほどではなくても、ハンサムといっていい顔だちをしている。

　人当たりはいいし、大声で怒鳴ったりするのを聞いたことがない。

　趣味は両親と同じ。

　両親が若い仲間を特別かわいがっていた。

　そして、歩夏と同じ年齢。

条件を比べるのなら、三原の方がよりふさわしいともいえるのではないか。ひょっとしたら、三原自身がそう考えているのかもしれない。

しかし人間は、条件で相手を選ばない。カタログを見比べて、より性能のいい方と結婚するわけではないのだ。

三原だって、そんなことはわかっている。それでも歩夏が自分を選ばなかった理由は、自分がふさわしい相手になる前に、奥津がさらっていったからだと考えている。だから、さらった人間がいなくなってしまえば、あの頃に戻ることができる。そう信じているのだ。

歩夏を我がものにするために、奥津を殺害するわけではない。三原は芳野に対して、そんなふうに説明した。それは本心だろう。騎士は姫と結ばれるために戦うのではない。姫を救うために戦うのだ。自分自身の心の中では、三原は騎士だった。

しかし現代の騎士は、悪逆の王を退治したら、残念ながら殺人罪に問われる。三原は逮捕されないように立ち回らなければならない。

どうする？

小春が立ち上がった。自分のテントから懐中電灯を持ってきて場を離れる。手洗いに行くのだろう。

「二人で事情を説明して、ご両親は納得してくださったんですけど」

歩夏が先を続ける。「自分の息子が、わたしを子供の頃から助けていたと聞いたら、なんだか娘を見るような感じじゃなくなっちゃったんですよね」

「娘じゃなければ？」

「孫です」

爆笑がテントサイトに谺した。

「じゃあ」別府が涙を拭きながら言った。「二人の間に子供が生まれたら、ひ孫ですか？」

「そういうことになるな」

芳野が重々しく答え、また爆笑が起きた。

「まあ、すぐに娘らしくなるよ。帰省したら、お義母さんと一緒に家事をしたりするだろうから」

芳野は、さりげなく子供から話題を逸らした。優佳は結婚しているけれど、まだ子供がいないと聞く。もし子供が欲しいのに授からない状況だとしたら、彼女の前で出産の話をするべきではない。

「一緒に旅行に行ったりすると、一気に打ち解けるよ」

優佳が言い、チラリとこちらを見た。そっと笑みを向けてくる。「気遣いありがとう」とも取れるし、「気遣いは無用だ」とも取れる笑みだ。

優佳とはまだ数回キャンプしただけなので、どのような人物なのか、正確なところはわからない。少なくとも、アンクル会のメンバーが評するような、純朴な火山学者ではないと感じている。ではどんな人間かと問われると、答えられないのだけれど。

歩夏が興味を惹かれたように優佳を見た。

「優佳さんも、旦那さんのご両親と旅行に行ったんですか？」

「行ったよ。箱根とか、草津とか」

「典型的な観光地ですね。温泉地だし」

「その方がいいみたいだよ。変な要素が入らないから、コミュニケーションに集中できるし」

歩夏が奥津を見た。「――だってさ」

「うーん」奥津が腕組みした。「今度、日光とか鬼怒川にでも行くか」

「何、何ーっ？」

小春が戻ってきた。

「歩夏ちゃんが、奥津のご両親を懐柔するために、旅行に行こうって話をしてたんだよ」

芳野の説明に、小春は大きくうなずいた。

「ああ、それは有効だね。わたしも旦那の親と旅行に行ったよ。箱根とか、草津とか」

優佳がため息をついた。「それ、わたしがもう言った」

「あら」かかかと笑う。そして空を見上げた。

「そういえば、今日は満月だったね。空が明るい。山の中だから、満月そのものは見えないけど」

「月なら」奥津が木立の方を指さした。「あっちで見られるよ」

「あっちって」小春が指し示された方向を見やる。「崖のある方ですか？」

「そう。今夜なら、あそこからきれいな満月が拝める」

「えぇーっ」小春が大きな目をさらに大きくする。「危なくないですか？」

「それほどでもないよ」奥津が笑う。「明るいし、そんな崖っぷちに行く必要もない。木が邪魔しないくらいの場所に立てば、十分楽しめる」

三原が立ち上がった。「ちょっと、見に行ってみますか？　酒を持って」

芳野の身体に緊張が走った。

三原が狙っていたのは、これか？

テントサイトのすぐ近くに崖があることは、芳野も知っている。三原が利用するかもしれないとも考えていた。三原は、トリカブトの作戦が失敗したときのプランBとして、奥津が崖から転落して死亡するというシナリオを描いていたとしても、不思議ではない。

「行ってみよう」

奥津も立ち上がり、全員で崖まで行くことにした。それぞれが自分の懐中電灯やランタンをテントから持ってきた。

片手に照明、もう片手にカップを持って、ぞろぞろと木立の中に入っていく。木立の端まで、それほど距離はない。すぐに到着した。

「主役は、こちらにどうぞ」

三原が崖の手前の一角を指し示した。ちょうど二人が立てるくらいの平たいスペースがある。確かに、他の場所よりも落ち着いて見られそうだ。

サンキュと礼を言いながら、奥津がスペースに移動する。歩夏も並ぶ。

「わあっ」

歩夏が歓声を上げた。それもそのはず、正面に見事な満月が輝いていたからだ。

崖があるから、視界を遮るものが何もない。よく晴れていて、雲ひとつない。確かに、特等席だった。全員が手に持った照明を消した。

「きれい」

横目で歩夏を見た。一瞬、月の青い光を浴びて、歩夏自身が光り輝いているような錯覚に陥る。

全員が、崖の縁から三十センチメートルほど手前で足を止めて、満月に見入っていた。

芳野も月を見ながら、奥津に意識を向けていた。

確かに奥津は、崖の手前にいる。一歩踏み出せば落下するところに。しかし奥津は崖があることを知っている。しかも、三原自身が誘導した場所は、他よりも安定した地面だ。普通に考えれば、落ちるはずがない。

全員が並んで月を見ている。地形に沿った形に並んでいるから、きれいな横並びになっているわけではない。三原は、他のメンバーよりも少し後ろに下がった場所にいる。よほど大きく不自然な動作をしないかぎり、三原が何かをしても見咎められるリスクは低い。では、どうするのか。

芳野は、奥津が落下するパターンをいくつか思い浮かべた。三原の関与の方法も。

まず、普通に落下する。酒に酔って足元がふらついたり、急に体調が悪くなると起こりえる。

しかし奥津は足元がおぼつかなくなるほど飲

んでいない。三原が日本酒に細工したか。たとえば高濃度のアルコールを混ぜて、通常よりも早く酔うようにするとか。それならば、同じ酒を飲んでいる芳野も、同じように酔っていなければならない。しかし今現在、芳野の足元はしっかりしている。

奥津は、今朝方早い時間帯に出発したという。奥津は朝が早いと、疲労からか、夜は酒に酔いやすい傾向がある。ただそれも、もっと遅い時間になってからだ。まだ期待できる時間帯ではない。

今の時間に限って体調が悪くなることを期待することもできない。それこそ、毒でも飲ませたか。司法解剖で検出される。不自然な中毒症状から、警察が他殺を疑うのは確実だ。だからトリカブトを使おうとしたときは、あれほど慎重だったではないか。

ちょっと移動しようとして、足を滑らせるか、何かにつまずく。

ここ数日間、雨は降っていない。だから地面は乾いていて滑りにくい。夜露が下草を濡(ぬ)らす時間帯でも気候でもない。うっかりしたふりをして、足元に酒をこぼすか。地面が濡れて、滑りやすくなるかもしれない。カップ一杯の酒では望むべくもないけれど。

つまずくような大きな石もない。ちょうど足首の辺りに釣り糸でも張っておけば、引っかかるかもしれない。芳野は奥津の足元を見る。糸など、張られてはいなかった。

突然、足元が崩(くず)れる。

自然現象に期待することはできない。三原が地面に細工して、崩れやすくした可能性はある。おそらく誰も気にしていないだろうけれど、奥津を今の場所に立たせたのは三原だ。しかし細工した場所には、歩夏も立っているのだ。歩夏を危機に晒すことはできない。

後ろから突き飛ばされる。

あり得ない。奥津は太っている。重いから、よほどの力で突き飛ばさないと、落ちてくれない。しっかり踏ん張って、腰を落として全力で押さなければならないだろう。そんなことをしたら、奥津が落ちた瞬間に、背後に三原がいることがはっきりわかってしまう。現行犯だ。

石か何かを投げつけて後頭部に打撃を与えると、倒れて落ちるかもしれない。

突き飛ばすよりは、目撃される危険は少ないだろう。しかし、崖の縁までたかが三十センチメートル、されど三十センチメートルだ。頭に衝撃を受けたとしても、その場にうずくまることはあっても、前のめりに倒れるとは考えにくい。

あるとすると、一撃で意識を失うほどの衝撃を受けたときだ。ある程度の大きさの石を、かなりのスピードで投げつける必要がある。当たったときにかなり大きい音がするから、何が起きたのかすぐにわかってしまう。明確な殺人事件だ。三原は逮捕されるだろう。

背後から投げつけるのではなく、上から降ってきたらどうか。奥津は木の幹を背にして立っている。バーベキューのときに歩夏が言っていたように、奥津は腰痛に悩まされている。ずっと立っていて腰が痛くなったら、木にもたれかかるつもりだろうか。一方若くて細い歩夏は、木を背にしていない。この場所に誘導できたら、奥津が幹にもたれかかることは予想できる。

　奥津が背にした幹は、あまり太くない。奥津が幹に体重を預けた弾みで、枝に引っかかっていた折れた枝が落下して、頭を直撃すれば。枝の太さによっては可能性がある。

　事故に見せかけるのなら、いい手段だ。ただ、奥津が幹に体重を預けたら幹が揺れて、引っかかっていた枝が落ちてきて頭を直撃する。そんなコント番組みたいなことが、本当に実現するのか。

　芳野はこっそり頭を振った。奥津を崖下に落とす方法を思いつかない。

　すると三原は、奥津を崖から落とそうとはしていないのか。あるいは、疑われずに崖から落とす方法を見つけられなかったのか。

　優佳がカップを小春に預けて、懐中電灯を手に場を離れた。手洗いに行くのだろう。

「月って、どこで見てもきれいだけど」歩夏が言った。視線は月を捉えたままだ。「自然の中で見る月は、また格別だね」

「そうだな」奥津が答える。「街中で見るのと違って、近くに建物がない。邪魔するものが何もない夜空に浮かんでいるのが、孤高っぽくていい」

　歩夏が、近くに立つ小春に顔を向けた。

「彦さんは、やっぱり月に行くつもりなんですか？」

「いや、宇宙飛行士になるのは、早々とあきらめた」小春が笑顔になる。「いつか、宇宙旅行が手の届く値段になったときのために、月面基地の研究をしてる」

「月面基地かあ」

三原が言った。「月から見る地球は、きれいでしょうね」

「旦那は、自分が生きている間に完成させるって、息巻いてるよ」

小春の夫である武田克彦は、宇宙航空研究開発機構、いわゆるＪＡＸＡに勤務している宇宙工学者だ。同じつくば市で研究活動を続けていた二人は、共通の友人の紹介で知り合ったのだという。学究肌同士で波長が合ったのか、すぐに仲良くなった。

すでにアンクル会のメンバーだった武田が小春を誘い、彼女も参加するようになった。だから二人は、アンクル会を通して愛を育んだともいえる。幸せそうな彼らを見るのは、自分たちメンバーにとっても嬉しいことだった。

奥津が月ではなく天を仰いだ。

「いいなあ。雄大な夢があって。こっちは小市民の公務員なのに」

「そんなにたいそうなものじゃないですよ」小春が手をぱたぱたと振る。「ほとんどが、ちまちまコンピューターをいじっている時間ですから。ときどき３Ｄプリンターで模型を作ってるみたいですけど」

「楽しそうじゃないか」羨望のこもった声だ。

「やっぱり、夢があるといいな」

「奥津さんの夢は、歩夏ちゃんでしょ？」

三原が言い、奥津がたじろいだ。「いや、そんなことは……」

歩夏が、月光の下でも頬が紅潮したのがわかる。

「歩夏ちゃんのことを夢といっていいかわからないけど」芳野が補足する。「打ち込んでいたのは間違いない。歩夏ちゃんを立派な大人に成長させる。それがすべての行動原理だったから」

歩夏は表情を隠すように頬を掻いた。

「なんだか、盆栽みたいですね」

「近いかもな。確かに、手塩にかけて育てたって感じだった」

「俺が育てたわけじゃないよ」奥津が真面目な顔で反論する。「ホノちゃんは、自分で自分を育てたんだ。あえて言うなら、春さんがお母さんとして育ててくれたか」

「せめてお姉さんって言ってください」

小春が大げさに嘆く。また笑いが起きた。

「でも、奥津さんに育てられたのは本当です」

表情を戻して、歩夏が言った。

「両親が亡くなったときは、本当に何もできませんでしたから。何もかも親任せで、遊んでばかりでした。生活の術を教えてくれたのが奥津さんだったのは、間違いありません」

「生活の術って」奥津が眉間にしわを寄せる。

「掃除とか洗濯とか、ゴミ出しとかだろう」

「それが大事なんですよ」三原が歩夏に味方する。「後は、お金の使い方ですか」

「そうそう」歩夏が大きくうなずいた。「お小遣いをどうやって一カ月間もたせるかは考えてたけど、生活費をどうやりくりするかは、奥津さんに教わった」

「そりゃ、堅実だ」

三原は笑った。その笑顔がやや硬いのは、月光レベルの明るさでは気づかれない。

辛いだろうな。芳野はこっそり三原に同情した。歩夏を奥津と結婚させないために策を弄しているというのに、表面上は二人を祝福しながら、からかうことまでやっている。場を自然な形で流しながら、いかにして奥津を死に導くかというのが三原のテーマだ。そのためには心が削られるような雑談をこなさなければならない。

「まあ、そうやって」歩夏は月に向かって胸を張った。「わたしは大人になったわけですよ。一人前かどうかは、ともかくとして」

「夢が叶ったわけですね」

小春がまとめた。そして意地悪そうに笑う。

「この後は、長い現実が待っているわけですけど」

「まあ、そうだな」

芳野が後を引き取る。「童話みたいに、二人はいつまでも幸せに暮らしました、というわけにはいかない」

「そんな、たいそうな幸せは要らないよ。平穏な日常があれば」

奥津がカップを傾ける。どうやら酒がなくなったようだ。芳野はかがんで、足元の瓶を取る。自分の身体の動きに注意を払う。足元がおぼつかなくなるほど酔っていない。

酒に関して、自分と奥津の適量は同じくらいだ。今夜飲んだ量も、たいして違っていない。ということは、奥津の足元もしっかりしていることになる。

日本酒を奥津のカップに注いでやった。奥津が礼を言って瓶を受け取り、芳野のカップに日本酒を注いでくれる。芳野も礼を言って酒を飲んだ。

奥津は酒瓶を足元に置くと、右手にカップを持って、左手で自分の腰を叩いた。腰を叩いても、カップの酒はこぼれない。酔いが回っていない証拠だ。仮に三原が、奥津が酔っ払って崖から転落させたくても、現時点では困難だと言わざるを得ない。

よくないな。

芳野は自らの思考を叱った。酔っ払って足元がおぼつかなくなって、崖から転落する。それは、酔っ払いが駅のホームから線路に転落するという、駅に貼ってあるポスターのイメージに過ぎない。だいたい、それほど酔っていたら、歩夏がこの場にいさせるはずがない。本人を促して、テントに戻るだろう。

だから、奥津の転落は突然でなければならない。先ほどから想像していた、事故としか思えないパターン。しかし、そのどれもが現実性を欠いている。不可抗力の事故で奥津が転落することも、あり得ないといっていい。

　ではどうすればいいのか。奥津が自ら飛び降りるか。来月には歩夏と結婚するというのに、自殺するわけがない。

　――待てよ。

　芳野は思考にブレーキをかけた。奥津が自殺するわけがない。それは本当だ。でも自殺するつもりがなくても、自分から崖に身を躍らせる可能性はないか。

　崖に向かってジャンプする必要はない。ほんの少しだけ、身体を前に出せばいいのだ。三十センチメートルのラインを越えたら、後は落下するだけだ。本人の意志に関係なく、奥津が身体を前に出すことは考えられないか。

　思いついたのは、何かを落としたときだ。


今、奥津は帽子をかぶっていない。しかし思考実験として、帽子があると仮定する。風が背後から吹いてきて、奥津の帽子を飛ばす。帽子は崖の方に飛んでいく。反射的に帽子をつかもうとして、奥津は身を乗り出さないか。

　あり得る。帽子はなくても、他のものが崖を落下しそうになったとき、同じ行動を取ることはあり得る。三原は、それを想定しているのか。

　芳野はそっと奥津の全身を見た。ボディバッグを肩から掛けて、右手にカップを持っているだけだ。ボディバッグには、スマートフォンや財布が入っているはずだ。それらが落ちそうになったら、身を乗り出すだろう。しかし奥津はボディバッグを開ける気配がない。見事な満月を、スマートフォンのカメラで撮影しようともしない。ボディバッグやその中身が落ちることは考えにくい。

　カップはどうか。酔いが回っていなくても、カップを取り落とすことはあるだろう。チタン製のカップは軽い。地面に落ちた後、崖に向かって跳ねる可能性は否定できない。愛用のカップだ。とっさに奥津は取ろうとする。その際、カップと共に崖から落ちることはあり得ないか。

　難しい。三原の立場からすると、奥津がカップを落とすことをただ待っているわけにはいかないのだ。何らかの策を用いて、カップを落とさせなければならない。うっかりを装って手を払い、カップを落とさせることもできない。奥津は右手にカップを持っており、三原は左側にいるからだ。石か何かを投げてカップを落とさせるのは至難の業だ。ただでさえ当てる技術が要るのに、周囲の誰にも気づかれずにやってのけるのは、不可能といっていい。

　カップは無理だ。では奥津の持ち物ではないのか。芳野は視線を奥津から歩夏に移動させる。歩夏の持ち物が落ちそうになったら、奥津は拾おうとするのではないか。

　ダメだ。歩夏もまた、落としそうなものは持っていない。それに、歩夏は奥津の右側にいる。三原が歩夏の持ち物を落とさせるのは、さらに難易度が高い。

　では、歩夏自身が落ちそうになったらどうか。奥津は命に替えても歩夏を助けようとする。そして身代わりとなって自身が崖から落ちる。

　何年前のラブストーリーだよ、いったい。歩夏本人を落とすなど、持ち物を落とさせるよりも数倍難しい。そもそも、間違って歩夏が落ちてしまったらどうする。三原がそのような危険な計画を実行するわけがない。

　崖から落ちそうなものを拾おうとして、自ら身を乗り出す。このパターンは実現困難だ。しかし芳野は諦めなかった。奥津を崖から落とそうとするならば、奥津自ら身を乗り出してもらうのが最も確実だからだ。他に方法はないか。

　――待てよ。

　前に出てもらおうとするから行き詰まるのだ。発想を変えて、後ろに下がってもらうのはどうか。

　後ろに行かせてどうする。心の中で、芳野の常識が呆れた声を出した。しかし芳野の思考は止まらない。いったん後ろに下がる。そこに予想もしないものがあったら、反射的に逆方向に移動しようとするのではないか。

　奥津の背後には木の幹がある。奥津は腰痛持ちだ。ずっと立っていて腰が痛くなり、背後の木にもたれかかる。その際、チクリとした痛みがあったらどうなる。慌てて幹から離れようとするだろう。痛みが強ければ、弾かれたように前に出る。三十センチメートル先の地面がないところに。

　目の前のカーテンが取り払われたような感覚があった。これか。三原は木の幹に、仕掛けをしたのではないか。奥津がもたれかかったときに、強い痛みを与えるような仕掛けを。たとえば、針を仕込んでおくとか。

奥津がまた腰を叩いた。やはり腰が痛いようだ。幹にもたれかかるまでは、もう少しだ。

芳野の身体が反応して、奥津の方に動きそうになった。実際、足を一歩踏み出していた。

そのとき、背後から人の声が聞こえた。寸前で動きを止めて、振り返る。懐中電灯の光が三つ、揺れていた。

――三つ？

疑問が明確な形になる前に、解答が現れた。優佳がトイレから戻ってきたのだ。しかし一人ではなかった。優佳の背後にはもう二人。三十歳前後の男女だ。芳野はその二人に見覚えがあった。炊事場近くにテントを張っていた夫婦だ。

「ここです」

優佳が、若夫婦に向かって言った。「ここからなら、月がよく見えますよ」

「そうなんですか」

夫の方が答え、芳野たちに気づいた。会釈してくる。「こんばんは」

「こんばんは」

機械的に挨拶を返す。優佳が穏やかな笑顔で口を開いた。

「トイレに行ったら、たまたまこの方たちに会いまして。せっかくだから、月見にお誘いしたんです。こんな光景は、滅多に見られませんから」

妻の方がお辞儀する。「すみません。お楽しみのところを邪魔してしまいまして」

「いえいえ」歩夏が明るい声で返した。「こちらへどうぞ」

奥津に合図して、二人で移動した。平坦な場所を空(あ)けてやる。

すみませんと言いながら、若夫婦が、先ほどまで奥津と歩夏がいた場所に立った。

「おおっ」

夫が歓声を上げる。妻は黙って月を見上げた。美しい輝きに、心を奪われているようだった。

若夫婦は月に、アンクル会のメンバーは若夫婦に意識を向けていた。芳野は三原を見た。

三原は驚愕(きょうがく)の表情を浮かべていた。続いて苦々しげな顔になる。

やはり。芳野は確信した。三原は木の幹に、奥津が崖から落ちるような仕掛けをしてあるのだ。あのまま奥津が木の幹に身体を預けていたら、仕掛けが作動し、奥津を崖から落とす。それが三原の計画だったのだ。

しかし失敗した。奥津はもう木の傍にはいない。

若夫婦が月を見ていたのは、ほんの短い間だった。奥津がくしゃみをして、その音で我に返ったようだ。

「きれいですね」

妻が笑顔で歩夏に話しかける。歩夏も笑顔で返した。「本当に、そうですね」

「お邪魔しました。おかげさまで、いいものを見ることができました」

失礼します、と言って、若夫婦はテントサイトの方に戻っていく。芳野はその後ろ姿を呆然と眺めていた。

「さすがに寒くなってきた」奥津が指で鼻の下をこすった。「戻ろう」

全員で焚き火に戻ることになった。それぞれ懐中電灯を点け、月を背にする。芳野は靴紐を結び直すふりをして、最後に戻ることにした。一人きりになって、奥津の背後にあった幹を見る。

全身に鳥肌が立った。

幹の、奥津の頭の高さ。そこで幹が、大きくふたつに分かれている。その股のところ。

ムカデがピンで留められていた。

いつ頃留められたのかは、わからない。しかしムカデはまだ生きていた。生きて、自由になる部分をぐねぐねと動かしていた。

もし奥津が幹にもたれていたら、後頭部にムカデが触れる。ムカデは咬まないかもしれない。でもたくさんある脚が触れて、違和感を覚える。奥津は振り返るだろう。そして自分がムカデに頭をぶつけてしまったことを知る。

驚くだろう。ムカデはまだ生きているし、とっさのことだから、ピンで留められていることもわからない。慌ててムカデから距離を取ろうとする。本能的な自己防衛の動作だ。そして距離を取ろうとして移動した先には、崖がある。

なんて奴だ。

奥津は三原の策謀に恐怖した。三原は犯行の場所とするために、このキャンプ場を下見した。崖の存在は知っていたから、どうやったら自分が指一本触れずに奥津を落とせるか考えたのだろう。そして見つけたのが、奥津を立たせても不自然ではない、小さな平地と木の幹だ。この季節だと、もうムカデは出てくる。というか、たまたまムカデを見つけたから思いついたのかもしれない。大きいムカデを一匹捕まえて、ピンで留めた。

　後に警察がムカデを見つけても、奥津を落とすための凶器として仕込まれたとは考えない。ましてや三原がやったことだなんて、証明することは絶対に不可能だ。ピンに指紋を残すようなバカではない。

　それ以前に、奥津が落ちて騒然としている隙(すき)に、ムカデからピンを抜くだろう。それで証拠は消える。誰もが、奥津の元へ行こうとする。なぜ奥津が転落するような行動を取ったかを考えるのは、ずっと後のことだ。ムカデが山にいるのは当たり前のことだし、ピンは崖から投げてしまえば、まず発見されない。発見されたとしても、奥津と結びつけられることはない。奥津に、ピンで刺したような傷痕(きずあと)はないからだ。

「ふうっ」

　芳野は一人で息を吐いた。トリカブトのときよりも、成功率は低いかもしれない。奥津が木にもたれなかったり、崖のギリギリで踏みとどまる可能性も否定できないからだ。でも成功したときには、奥津は確実に死ぬ。その意味では、より完成度の高い計画だともいえる。

　それでも失敗した。

悪逆の王は、まだお姫様を捉えたままだ。

第四章
ペグ

「合格、おめでとう」

芳野は奥津とビールジョッキを触れ合わせた。

奥津がにやりと笑う。「俺が合格したわけじゃないけどな」

二人は、つくば駅前の居酒屋にいた。全国チェーンの、安くてそこそこうまい焼き鳥が食べられる店だ。

弁護士である芳野がその店に行くと言うと、意外な顔をされることが多い。よくある誤解だ。すべての弁護士の年収が高いわけではないし、すべての弁護士が高級志向というわけでもない。

二人は茨城大学の同期生だ。水戸市にある人文社会科学部で、芳野は法律を、奥津は経済を学んだ。卒業後、地方公務員試験に合格していた奥津はつくば市役所勤務となり、芳野は苦労しながらもなんとか司法試験に合格した。たまたま所属した弁護士事務所がつくば市にあったから、交流が続いているわけだ。

「歩夏ちゃんも、とうとう大学生か」

芳野は感慨を込めて言った。中学二年のときの、両親を失った成富歩夏を思い出す。他人の庇護なしには生きられない、か弱い存在だった。

芳野はビールを飲んだ。「筑波大学だって？　すごいじゃないか」

「本当に」奥津もビールを飲む。「よく合格してくれたよ」

両親を山の事故で亡くした歩夏は、未成年後見人となった奥津の助けもあって、つくば市内の県立高校に進学した。そしてこの春、筑波大学に進学するという。全国的にも高偏差値で知られる大学だ。

「地元の国立大学にしたんだな」芳野は枝豆――焼き鳥が焼き上がるまでのつなぎ――を飲み込んで言った。「女の子なら自然な選択に思えるけど、あの子は一人暮らしだ。親元がいいって話にはならない。東京の私立大学は考えなかったのか？」

東京には一流の私立大学が数多く存在する。しかし奥津は片手を振った。

「本人からは、まったく。まあ、俺も助かったけどな。東京のアパート住まいで私大に行かれたら、さすがに経済的に苦しい」

「そのときは、成富さんの遺産を使えばいいだろう。全然おかしな話じゃないぞ」

「いや」奥津は首を振った。「それはやりたくない」

芳野は苦笑する。未成年後見人を引き受けてから、奥津は頑なまでに成富夫妻の遺産を使おうとしない。それは歩夏が成人したときに全額譲り渡すと決めているのだ。だから歩夏の生活に必要な資金は、学費を含めてすべて自分の給料から出している。

歩夏がその決意を知っているのかどうかは知らないけれど、現在住んでいるアパートから通える筑波大学を志望校とした。それで合格してしまうのだから、たいしたものだ。

「そういえば」芳野は歩夏と同学年の少年を思い出した。「三原くんは東京の私立大学に受かったらしいぞ」

「そうなのか」奥津が目を大きくした。「言われてみれば、三原くんも大学受験だったな。ホノちゃんにかかりきりで、三原くんの心配までできなかった。どこの大学だ?」

芳野は、東京の超有名私立大学の名を告げた。奥津は口笛を吹く真似をする。

「すごいな。賢い子だとは思ってたけど、そこまでとは」

「同感だ。東京に下宿するって言ってたよ。いや、下宿って言葉は古いか。学生用のアパートを借りるそうだ」

「じゃあ、三原くんはアンクル会卒業かな」

寂しげに奥津は言った。

三原は中学生の頃からアンクル会に出入りしている。トレッキングのことなど何も知らなかった少年が、自分たちの指導でどんどん実力を上げていくのを見るのが楽しかった。それでも東京の大学に行ってしまえば、つくば市に拠点を置くアンクル会に参加することはなくなるだろう。

「本人は、休みのときは参加するって言ってたけどね」

「それを期待しよう」

まったく期待していない、奥津のコメントだった。仕方のないことだ。自分たちは、もう生活の拠点を決めてしまっている。ずっとここにいるし、だからこそ、地元の仲間たちと一緒に活動できる。

しかし若者は違う。大学で他の土地に移り、就職でまた他の土地に移る。その後だって、転勤する可能性もある。新しい場所で独自のコミュニティを築いていくのだ。

それでいい。三原がいなくなるのは寂しいけれど、彼には彼の未来がある。

焼き鳥がやってきた。奥津の好きな鶏皮(とりかわ)と、芳野の好きな砂肝(すなぎも)だ。串(くし)を取って、ひと切れかじる。弾力のある食感を楽しんでから、飲み込んだ。

「三原くんもアンクル会から離れていくだろうけど、歩夏ちゃんも同じだろうな」

ビールを飲む。

「大学に入ると、世界が一気に広がる。サークル活動もあるし、アルバイトも始める。高校のときとは、生活がまったく違ってくる。段々と奥津の手を離れていく。二十歳(はたち)になったら、未成年後見人も終了だ。お前も、ようやく解放される。自分のためだけに生きられるんだ」

奥津はビールジョッキを見つめたまま答えた。

「そうだな」

＊

「温かい」

焚き火の前に座った奥津がつぶやいた。両手を火にかざす。「五月でも、やっぱり夜は冷えるな。昼間はあんなに暖かかったのに」

「まだ大丈夫だと思いますけど、薪を足しておきましょう」

別府が薪を、焚き火台にくべた。

奥津が日本酒の瓶を取った。「さあ、あらためて飲むか」

「結局、それですか」

小春が呆（あき）れたように言いながら、自分も飲んだ。

「わたしたちって、ほんと、いつもこのパターンですね。他に何か、やることがないんですかね」

「ギターを弾いて、みんなで歌うか」

芳野が言うと、全員がうなだれた。「何十年前のキャンプですか」

「ハンカチ落としでもやる？」

「子供か」

小春の提案を、優佳が一蹴（いっしゅう）した。「といっても、それぞれスマホのゲームに没頭するのも無粋だし」

「一人ずつ怪談を話すのはどうですか？」

別府が学生みたいなことを言った。所属していたサークルで、実際にやっていたのかもしれない。三原が乗ってくる。

「話し終わったら、目の前のロウソクを吹き消すんだな」

「そして最後の一本が消えたら、死者の霊が現れると」

芳野がまとめて、笑いが起きた。すると歩夏がぽつりと言った。

「幽霊でもいいから、お父さんとお母さんに出てきてほしいです」

場がしんとなった。

芳野は頭を下げる。

「ごめん。不謹慎だった」

「いえ、そんなことありません」歩夏が小さく微笑む。「ほら、うちのお父さんとお母さんは、キャンプ場だったら出てきそうじゃありませんか？」

「違いない」奥津がうなずく。「出てきてもらった方がいいな。まだ、結婚の報告を直接していない」

「きっと喜んでくれますよ」

小春の言葉に、優佳が真面目な顔で腕組みした。

「せっかくだから、一回くらい『お前みたいな男に娘はやれん！』と言ってほしいですね」

「そして聖さんが『まあまあ、お父さん』ってなだめるんでしょう？」

芳野がオチをつけて、みんなで笑った。場の雰囲気に明るさが戻る。

歩夏も笑いながら、優佳を見た。「優佳さんのお父さんは、やっぱり反対したんですか？」

「そうでもなかったかな」優佳が記憶を辿るよ

うに、宙を睨んだ。「大学院時代に留学とかしちゃったから、三十近くまで独身だったんだ。だからむしろ『もらってくれてありがとう』って感じだったなあ」

　そして小春に顔を向ける。

「小春はどうなの。あまり反対されなかったって聞いたけど」

「そう」小春は渋い顔をした。

「わたしは反対されなかったよ。でも、うちの姉貴が大変だった。姉貴は京都大学だったんだけど、結婚したいと言いだしたのが、まだ大学院生のときだったんだ。しかも結婚相手として連れてきたのが、博士課程の大学院生。さらに、在学中にベンチャー企業を起こそうとしていたタイミング」

「うわっ」三原が呻いた。「それは、反対されそうですね」

「そうなんだ。両方の親が反対して、大変だった」

「でも、結婚したんだろう？」

　芳野の指摘に、小春が渋い顔に加えて、唇をへの字に曲げた。

「親がいくら反対しようとも、馬耳東風で結婚しちゃいました」

「それで、旦那さんのベンチャー企業は？」

「挫折しました」

　小春があっけらかんと言う。「今は、二人揃って関西の私大で教授をやってます」

「それは」三原が難しい顔をする。「ハッピーエンドと言っていいんでしょうか」

「いいんじゃないのか」芳野が答えた。「そこに至るまでの過程は大変だったと思うけど、大学教授にまでなったのなら。悲惨な結末だったら、目も当てられない」

ハッピーエンドか。

三原と他愛のないやりとりしながら、芳野はまったく違うことを考えていた。

周到な計画が、ふたつまで失敗した。早い時間帯から酒を飲んでいるから、就寝時間は早い。いつものことだ。奥津が眠ってしまえば、事故を装うことは極めて難しい。しかも明日は、昼前には荷物をまとめて帰ることになっている。このままでは、単なる楽しいキャンプで終わってしまう。三原にとっては、バッドエンドだ。

奥津と歩夏の入籍まで、もうアンクル会の行事はない。今回のキャンプで奥津を殺害できなければ、三原の採れる選択肢はふたつしかない。二人の結婚を泣く泣く認めるか、逮捕覚悟で奥津をつくば市まで殺しに行くかだ。そのどちらも三原が採るとは思えない。

三原の顔は、もう平静に戻っている。奥津を崖から転落させるのに失敗したときに見せた、驚愕と苦々しげな表情は、もう浮かんでいない。それでも表情は、先ほどまでよりも間違いなく硬い。とうとう行き詰まったか。

いや、違う。

三原はまだ、絶望したり自棄になっている顔をしてない。彼はまだ諦めていないのだ。つまり、まだ手札を持っている。

それは何だ。明日の朝食では、ニリンソウの天ぷらなど作らない。トリカブトの出番は、もうないだろう。月見は終わったから、もう崖に行く用事もない。かわいそうだけれど、ピン留めされたムカデは、あのまま死に果てる。

奥津の、これからの動きを考える。

酒を飲んでいる間には、何回かトイレに行くだろう。お開きになって眠る前には、炊事場に歯を磨きに行く。それで、今夜はおしまいだ。

明日の朝はどうか。起きたら朝食までの間、散歩に行くかもしれない。朝食を作り、食べて食器を洗う。コーヒーを飲みながら、しばらくの間、のんびりする。いつものパターンだと、撤収は午前十時半くらいから始まる。キャンプ道具を片づけて、車に載せる。帰りがけに、どこかのレストランで昼食を取ってから、家路につく。

この流れで、事故が起こるチャンスはどこにあるだろうか。

真っ先に思いつくのは、脚立だ。キャンプ場に到着したとき、芳野は脚立に乗って、ルーフボックスから荷物を下ろした。

脚立は、実はかなり危険な代物（しろもの）だ。脚立から転落して、毎年多くの負傷者や死者が出ている。たいした高さでないと油断しているから、特段の安全対策を採らない。転落して頭を打つ事例が多いのだ。奥津は太っているから、脚立の上でバランスを崩（くず）して頭から落ちないか。

違うな。いいアイデアかもしれないけれど、現実問題として、奥津は脚立に乗らないからだ。脚立が必要なのは、芳野のミニバンだ。奥津は自分と歩夏のキャンプ道具を、自分の車に積む。後部座席を倒せば、ゆとりを持って載せることができるから、ルーフボックスを使う必要がない。脚立に乗るのは、自分か別府か三原だ。

帰りの車が交通事故を起こすか。少なくとも、三原自身が運転して奥津に突進するよりは現実的だ。

しかしあり得ない。帰りの車には、歩夏も同乗している。交通事故で奥津が死亡することは、そのまま歩夏が死亡することにつながるのだ。三原がそんなことをするわけがない。

となると、やはりキャンプ場で仕掛ける必要がある。それは、どこだ？

「少なくとも、奥津と歩夏ちゃんに関しては、ハッピーエンドというのは当たらないな」

頭の中では忙しく三原の犯行計画を考えながら、口では会話を続ける。「奥津のご家族に反対されなかったわけだから、好スタートを切った、というのが正しい表現だろうな。ハッピーエンドかどうかがわかるのは、ずっと先のことだ」

「これから、波瀾万丈（はらんばんじょう）が待っているわけですか」

三原のコメントに、歩夏が手を振った。

「いや、別に波瀾万丈は求めてないよ」

「いやいや」小春が首を振る。「危機は、小さなところから始まるんだよ。玄関で靴を揃えないとか、なくなったトイレットペーパーを補充しないとか。そんなことから、諍いは始まる」

「なんか、リアルですね」

別府が感心したような顔をする。

「別府くんは、まだ親御さんと暮らしてるんでしょ？　今のうちから気をつけておかないと、美羽ちゃんに嫌われるよ」

別府が沈痛な面持ちで頭を振った。「そのネタは、もういいです」

「でもまあ、奥津さんたちに関しては、その辺は大丈夫じゃないかな」

優佳が助け船を出すように言った。「さっきの話だと、歩夏ちゃんは奥津さんから家事を教わったんでしょ？　気にするところとしないところの仕分けが同じだから、そこでケンカになることはなさそうだよ」

「ああ、そうか」

小春が納得顔でうなずく。「すると、夫婦の危機は大波乱で訪れるか。奥津さんが浮気するとか」

「このお腹で」歩夏が、奥津のはみ出た脇腹をつまんだ。「浮気の相手をしてくれる人がいればいいんですけど」

テントサイトは笑いに包まれた。奥津が浮気するなどあり得ないと、全員が知っているからこその反応だ。

そう。奥津は浮気などしないだろう。芳野もその点では同感だ。三原も同じ考えだと確信できる。そもそも、奥津が浮気性で歩夏と簡単に別れるような人間だったら、殺害までして結婚を妨害しようとしない。別れるのを待って、あらためて歩夏を口説けばいいだけの話だ。
しかし奥津は、そのような人間ではない。奥津が死なないかぎり、歩夏は奥津とずっと一緒だ。

そう。奥津が死なないかぎり。

三原の犯行計画で難しいのは、奥津が確実に死亡しなければならないことだ。中途半端に大怪我させただけでは、二人の結婚を止めることはできない。かえって歩夏に、看病とか介護とかの負担をかけさせるだけになる。即死といわずとも、短時間での奥津の死亡は、絶対条件だ。

その点では、失敗したふたつの計画は優れていた。毒は致死量を摂取すれば確実に死ぬし、崖から転落したら、やはり確実に死ぬ。変な言い方だけれど、死亡に説得力があった。これらと同じくらい、警察に「これは死んで当然だな」と思ってもらえる事故を起こせるだろうか。

転ぶ、という可能性が最も高い。泥酔しているわけでなくても、酔っているのは間違いない。木の根につまずくこともあるだろう。転んだ先に大きな石でもあれば大怪我につながるし、死亡することだってある。そういえば、道にペグが落ちていた。あれなんかも、先が尖っている危険物だ。何らかの仕掛けが見つからないかぎり「打ち所が悪かったね」で終わってしまう。

しかし現実問題として考えたら、実現は相当な困難が伴う。奥津を転ばせなければならないし、転んだところに石がなければならない。しかも、その石に頭をぶつけてもらう必要がある。ペグだって、うまく刺さるように仕向けなければならない。しかもそのペグは、三原本人が、転んだ弾みで刺さらないような場所に移動させている。

ただ転んだだけで死亡するわけだから、よほどの説得力が必要だ。仮にそれだけの仕掛けが作れたとして、その仕掛けに奥津以外の人間がかかってはならない。

バーベキューでは、三原が肉とトリカブトをサンチュに挟み、奥津に手渡すつもりだった。

月見では、ムカデを仕掛けた木の前に、奥津を立たせた。

どちらも、奥津一人をターゲットにした細工ができていたわけだ。しかしトイレに行く道は決まっており、全員がその道を通る。奥津だけが都合よく引っかかったりはしない。

それ以前に、すでに小春と優佳はトイレに行っている。若夫婦のキャンパーも、自分のテントサイトからここまで歩いてきた。通れば必ず転ぶような仕掛けがあったら、彼女たちが引っかかっていなければならない。

やはり、転ばせるのは殺害方法として上策ではない。トイレに立つという動きに、他の危険は潜んでいないか。

移動中の事故が難しいのであれば、トイレそのものはどうか。もちろん、他の人間も使用するから、入れば確実にかかる罠ではいけない。他の人間は無事に出てこられて、奥津一人だけが引っかかる罠はあるか。

あった。他の人間になく、奥津にある特徴が。

奥津は、携帯用のシャワートイレを持参している。もし三原がそれに細工をしていたら、同じトイレでも、奥津一人が危難に遭うではないか。

ダメだ。この手段は使えない。

理由はふたつある。ひとつは、シャワートイレを使うのは、大便のときだけということだ。奥津がどれだけ規則正しい排便をしているか知らないけれど、キャンプ中にシャワートイレを使用するという保証はない。

そしてもうひとつは、携帯用のシャワートイレにどのような仕掛けをすれば、奥津が死亡するかという点だ。中に毒を仕込んでおいて、肛門から吸収させるしかない。しかしそんなあからさまな仕掛けだと、殺人ということが丸わかりだ。警察の徹底した捜査で、三原が逮捕されるのは確実だ。

トイレはダメだ。では、寝る前の歯磨きはどうだろう。

小さいキャンプ場だから、水道があるのは炊事場しかない。歯磨きも洗面も炊事場で行う。炊事場への往復はトイレと同様だから、仕掛けがしてある可能性は高くない。とすると、炊事場そのものだ。

ここもまた、みんなが使用している。自分たちだけではない。若夫婦も使っているのだ。彼らの行動を制御することはできない。奥津だけが引っかかる罠を仕掛けることは難しいだろう。

かといって、歯ブラシや歯磨き粉に毒を仕込む手口は、携帯用のシャワートイレと同じく逮捕されるリスクが極めて高い。いくらトリカブトが自生している地域でアコニチン中毒になったからといって、歯ブラシと歯磨き粉を調べないほど、警察はずさんな捜査をしないのだ。

やはり、炊事場も無理だ。

今夜のうちには、どうやっても奥津を殺害できない。少なくとも、芳野は殺害方法を思いつかない。三原はいったい、どうするつもりなのか。

「歩夏ちゃんは、奥津さんの浮気よりも、生活習慣病に気をつけた方がいいね」

小春が奥津の腹を見据えた。「健康診断、受けてるんですか？」

奥津が頭を掻く。「一応、役所の健診は受けてるよ」

「人間ドックを受けといた方がいいですよ。細かいところまで調べてくれますから」

「でもなあ」奥津が困ったように言う。「人間ドックなんて受けて、病気が見つかったら大変じゃないか」

あまりの本末転倒な発言に、小春が天を仰いだ。「そのために行くんです」

ぴしゃりと言った。芳野も笑う。

「奥津は、医者から酒を控えるように言われるのが嫌なんだろう」

しかし奥津は顔の前で片手を振った。「い

や、それは役所の健康診断で、もう言われてる」

「なんだ、それ」

「それほど心配することはない」奥津はなおも言う。「体重がちょっと重くて、体脂肪率がちょっと高くて、血圧がちょっと高くて、血糖値がちょっと高いだけだ」

「歩夏ちゃん」小春が真剣な顔で歩夏を見つめた。「食事のコントロールをお願いね」

歩夏も真剣な顔で返す。「はい。わかりました——明日から」

「こりゃ、永遠に改善されないな」

芳野が言い、また笑い声が響く。

ちらりと三原を見る。三原は笑っていなかった。それはそうだろう。生活習慣病は、長期的には奥津の命を奪うかもしれない。けれどそれがやってくるのは、歩夏が散々苦労した後のことなのだ。まったく意味がない。

「でも、注意するよ」奥津が大あくびしてから言った。「さっきの芳野じゃないけど、四十過ぎてから、衰(おとろ)えが自覚できるようになったから。食べる量も飲む量も、若い頃のようにはいかない」

バーベキューのときに芳野がした、霜降り肉の脂(あぶら)が食べられなくなった話のことだろう。

芳野もまた、自らの肉体の衰えを感じている。だから奥津の感覚はよくわかる。

芳野の妻は、芳野よりもひとつ年下だ。同世代だから、やはり衰えを実感していると言っていた。一緒に歳を取っていけばいいのだから、気にすることはない。

しかし歩夏はまだ若い。衰えるのは、ずっと先だ。日々衰える奥津と、若さを保ち続ける歩夏。その肉体の差が、二人の間に隙間を作るかもしれない。浮気や性格の違いなどではなく。

まあ、そんなことは芳野が感知することではない。ここで口に出して言うようなことでもない。「ラーメンのスープは残せ」とコメントするに留めておいた。

ふと、後頭部を羽毛が撫でていったような感覚があった。何かを思いつきかけて、思いつけなかったときの感覚に近い。

なんだ。自分は何に気づきかけたのか。別におかしなことは言っていないし、おかしなことを考えてもいない。会話の流れで自然に出てきた科白であり、連想だった。

奥津が生活習慣病になったところで、三原は喜ばない。

奥津は衰えを自覚しているから、健康に気をつけるようになる。

奥津と歩夏の間にすれ違いが生じるとすれば、肉体の差からではないか。

どれも、ごく当たり前の話だ。そこに、自分は無意識のうちに何かを汲み取ったのか。

――そうか。

自分の意識を反芻することによって、芳野は自分が気づいたものの正体に思い至った。最後に考えた、奥津と歩夏の肉体の差についてだ。奥津は四十四歳。歩夏は二十四歳。二十歳の年齢差があるのだから、当然のことだ。しかし、もうひとつ思いついたことがある。

歩夏と三原は、同じ歳なのだ。

成富夫妻の事故以来、アンクル会はトレッキングをやらなくなった。表向きの理由は、山の事故で両親を失った歩夏を、山に連れて行くわけにはいかないというものだった。しかし真実は違う。山が怖くなったのだ。だから、車でキャンプ場に乗りつけて、バーベキューをしながら酒を飲む集団に変貌（へんぼう）した。つまり、奥津はトレッキングという運動をしなくなった。

かといって他の運動をしているかといえば、そんなことはない。それは奥津の突き出た腹が証明している。

一方の三原は、二十代半ばの頑健な身体を有している。どちらが肉体的に強いかなど、考えるまでもない。極端な話をすれば、二人がケンカしたら、三原が勝つのは自明のことだ。

なぜ、こんな当たり前のことに芳野は引っかかったのか。奥津がトイレに行くときに自分では転ばないとしても、三原なら転ばせられるのではないか。そう考えたからだ。

バカバカしい。

芳野は自らの思いつきを一蹴した。三原が、直接手を下すはずがないだろう。逮捕されたくないからこそ事故に見せかけようとしたのだし、実際、トリカブトだって崖だって、成功していたら三原が疑われることはなかったはずだ。

それなのに、三原が直接手を下すって？　そんなことをするのなら、はじめからトリカブトを奥津の口に押し込めばいいし、背中を突いて崖から突き落とせばいい。

　芳野の理性は反論を続ける。それでもこの考えが頭から離れないのは、トイレに行く途中では、今までのように完全に事故を演出できないからだ。三原には、一歩踏み出す覚悟が必要なのではないか。リスクを取って、行動する必要が。

　そうかもしれないが、現実的ではない。奥津に対して直接行動を起こすのであれば、三原は奥津と行動を共にしなければならない。何かが起きたときに、アンクル会のメンバーは証言する。あのとき、三原が一緒にいたと。いくらリスクを取る必要があるといっても、あからさますぎる。倒れ伏した奥津の傍（そば）に三原が立っていて、「勝手に転んだんです」が通用するわけがない。リスクを取ることと、逮捕される覚悟を決めたこととは違うのだ。

　やはり、三原が直接行動することはあり得ないか。

　そう結論を出しかけたとき、新たな仮説が浮かんだ。倒れ伏した奥津の傍に三原が立っているから、疑われる。倒れ伏した奥津の傍で、三原も倒れ伏していればいいのだ。つまり、三原もまた事故の被害者になること。

　トリカブトや崖では、そうはいかない。一緒にトリカブトを食べれば死ぬし、一緒に崖から落ちれば死ぬ。しかしただの路上なら、一緒に転倒しても、奥津が死亡して三原が生き残ることはあり得るのだ。

具体的にはどうする。まずは一緒にトイレに行くことからだ――そう考えかけたところで、奥津がまたあくびをした。目がとろんとしてきている。そろそろ疲れで酔いが回ってくる頃だ。

奥津がカップをテーブルに置いた。カップが倒れて、少し残っていた日本酒がテーブルにこぼれる。それに気づかぬ様子で立ち上がる。

「トイレ」

歩夏が眉（まゆ）をひそめる。「ちょっと、大丈夫？」

「大丈夫、だいじょうぶ」

ふらついてはいないけれど、しっかりしているともいえない足取りで、トイレに向かう。

三原が立ち上がった。「僕もトイレに行ってくる」そして隣に座る若者に声をかける。「別府くん」

「了解です」別府も立ち上がった。二人とも若いせいか、ウィスキーをあれだけ飲んでも、足取りはしっかりしている。芳野たちを見た。奥津は自分たちが連れて帰るからと、その目は言っていた。

「あれなら大丈夫かな」

小春が安心したように息をつく。しかし芳野は、心の中で拍子抜けしていた。

あれ？　三原は奥津を転ばせるんじゃなかったのか。なぜ目撃者になり得る別府を連れていくのか。

これは考え違いだったか。やはり三原は、自ら奥津に対して何かしようとはしないのか。そう結論づけようとしたとき、ぞくりとするものが背中を伝った。

そうじゃない。別府を、目撃者として連れて行ったのだ。なぜなら、二人で転んだところを見る者がいないと、疑われてしまうから。

どうやるのか。自分ならどうするのか。

まず、三人で並んでトイレに向かう。そして適当なところで自ら転ぶ。石や木の根っこにつまずいてもいいし、地面の段差に足をかけたところで滑ってもいい。大切なことは、自分が転ぶときに、奥津を巻き込むことだ。奥津の方が体重が重いとはいえ、奥津は油断しきっている。眠たいし、酔いも回っている。背の高い三原が覆い被(かぶ)さるように倒れてきたら、一緒になって倒れるだろう。

芳野はその光景を思い浮かべる。道は広くない。道の真ん中を歩いていても、横に倒れたら、頭は道の端まで到達する。そこには木々が立っているし、固い根っこも露出している。そして、三原が端にどけたペグも。

横倒しになった瞬間に、奥津の頭を上から押さえれば、奥津の頭はそれらのいずれかに激突する。防御の体勢を取れる状態ではないから、まず成功するだろう。

前を向いている別府は、二人が転んだ瞬間を見ていない。見るのは、地面に転がった二人の姿だ。頭に衝撃を受けた奥津は、すぐに反応できない。一方、転んだだけの三原はすぐに身を起こして奥津の様子を窺(うかが)う。そして「まずい!」と声を上げるのだ。「ペグがっ!」

別府も、道端にペグが落ちていることは知っている。暗い道端で、奥津が動けずにいて、三原が「ペグが」と言った時点で、別府は奥津が転んだ弾みにペグが刺さったと考えるだろう。ペグは、ただ地面に落ちている状態ではない。三原は、木の根元に置いたのだ。頭が木の根で固定されていて、尖った先端が少しでも上に向いていたら、勢いがついて倒れてきた頭に刺さることは、十分に考えられる。

そこで三原がたたみかける。「すぐに春さんを呼んでくれ！　それから救急車！」

別府は猛ダッシュで小春を呼びに行くだろう。小春は医師免許を持っている。キャンプ場で頼りになるのは、彼女しかいない。こうして別府は「転んだ弾みにペグを頭に刺してしまった奥津」の目撃者となる。

別府がテントサイトにダッシュしたら、三原はどうする。転んだ弾みに、本当にペグが頭に刺さるような、都合のいい展開になるとは思えない。奥津は地面か木の根に頭をぶつけて痛がっているだけだ。そこにいるのは二人きり。目撃者はいない。三原は奥津の頭の位置と角度を調整してから、ペグを持って奥津の頭に突き刺せばいい。耳の後ろとか盆の窪だったら、硬い骨はない。ハンマーで打ち込まなくても、体重をかければ刺さるだろう。

芳野は三原の計画性に恐怖した。おそらく三原自身は、トリカブトか崖の罠で決着をつけるつもりだったはずだ。それでも失敗したときのために、ペグを用意していた。あのペグが三原の準備したものである証拠に、三原は全員の目の前で、ペグを拾って木の根元に置いていた。堂々と指紋を付けているのだ。あの時点で、最後の手段の布石を打っていたのだ。移動させたときのペグの持ち方で十分に力は入るから、指紋の位置は問題ないわけだし。

　そして別府が小春を連れて戻ってきたときには、頭にペグが刺さった状態の奥津ができあがっている。それが事故の結果だと、別府が証言してくれる。それで、事故に見せかけた殺人の完成だ。三原は、若い仲間すら利用して、目的を達成しようとしているのだ。

　芳野は立ち上がった。「俺もトイレ」

　それだけ言って、テントサイトを離れる。

　懐中電灯を持って、トイレに向かって進んでいく。すぐに三つの光が見えてきた。並んでいる。先行してトイレに向かった三人だ。

　芳野は懸命に記憶を辿った。どこだ。三原がペグを置いた場所はどこだった。

　思い出した。確か、道に向かって幹が張り出している木の根元だった。もう見えてきた。三人はまもなくその場所にさしかかる。

　芳野は口を開いた。声を上げようとする。

　その瞬間。

「きゃっ！」

　悲鳴が聞こえた。芳野の背後だ。振り向こうとした芳野の動きが止まる。前方から、信じられない光景が目に飛び込んできたからだ。

　まず、三原が石を踏んでバランスを崩した。右側にいる奥津に向かって倒れていく。本当なら、そのまま奥津を巻き込んで、二人で倒れるはずだった。その先には、ペグがある。

　しかし悲鳴を聞いた奥津が、後ろを振り返った。その動作が三原を避ける形になり、三原が単独で倒れていく。しかし奥津も三原を完全に避けきれなかった。残った足に三原が乗っかる形になり、奥津も倒れる。ただ、振り返る動作があった分、身体が回転して奥津が上になった。二人が音を立てて倒れる。三原には、倒れた勢いに奥津の体重が加わった。ごん、という大きな音が響いた。

　二人と並んでいた別府が、悲鳴を聞いて一度こちらを振り返り、すぐに倒れた二人に向き直った。

「奥津さん！　三原さん！」

　声をかける。

「痛たたたた……」

　うめき声は、奥津のものだった。

「大丈夫ですか？」別府の声にうなずいてみせる。「大丈夫」

　そして自分の下敷きになった形の三原を見る。

「すまん。大丈夫か？」

　しかし三原は返事をしない。

　この時点で、芳野はようやく後ろを振り返った。芳野のすぐ後ろで、優佳が両手と両膝を地面につけていた。トイレに行こうとして転んだのだろうか。顔をしかめている。立ち上がった。

「すみません。転んじゃいまして」

　そして前方に顔を向ける。「あれ？」

芳野と顔を見合わせる。二人でダッシュした。すぐに三人の元に到着する。

「どうした？」

芳野が地面に転がったままの奥津に声をかける。奥津もまた、転倒の痛みに顔をしかめていた。

「三原くんがこけたんだ。俺も巻き込まれてこけた」

「大丈夫か？」

「俺は大丈夫」よっこらしょと勢いをつけて立ち上がる。転倒の衝撃で眠気が吹き飛んだのだろうか。目はぱっちりと開いている。

「おい、三原くん」

芳野が三原に声をかける。やはり返事がない。優佳が懐中電灯の光を三原の頭部に当てる。

「大変！」優佳が別府の方を向いた。

「すぐに小春を呼んできて！」ほとんど絶叫だった。

「三原くんに、ペグが刺さってる！」

別府は何を言われたのか、一瞬わからなかったようだ。きょとんとした顔をした。しかしすぐに理性が追いついて、がくがくとうなずいた。来た道をダッシュで引き返していく。

別府はすぐに小春を連れて戻ってきた。いや、小春だけではない。歩夏もだ。アンクル会の全員が揃った。

小春が三原にかがみ込む。優佳が懐中電灯で照らす。

三原は右脇腹を下にして横たわっていた。目を閉じている。その頭は、中途半端な状態で浮いている。地面に接触してはいない。

「みんな、三原くんをゆっくり仰向けにして。首をねじらないよう、注意して」

小春の指示で、男性三人が三原の身体を仰向けにする。そこで、三原の側頭部が光に晒(さら)された。

衝撃と恐怖で身が凍った。ペグが、三原の耳たぶを貫通して、そのまま首に刺さっていた。

「優佳！　救急車っ！」

すでに優佳はスマートフォンを取り出していた。画面を操作して、耳に当てる。こんな山の中でも、電波が入るのか。芳野はくだらないことに感心した。

小春は三原の口元に手をかざす。小春の頬が震えた。続いて、手首を持って脈を取る。そっと手首を下ろして、閉じられた瞼(まぶた)を指で開いた。光を当てる。瞼から指を外す。小さく首を振りかけて、止(や)めた。

「可能性にかけるしかない」

自分に言い聞かせるようにつぶやいた。

「男性三人で、順番に心臓マッサージしてください。優佳と歩夏ちゃんは、駐車場まで行って、救急車を待って。到着したら、隊員をここまで連れてきて。そんなにすぐ着くわけじゃないから、慌(あわ)てなくていい」

「わかった」

優佳と歩夏が急ぎ足で駐車場に向かう。別府が真っ先に三原にまたがる。右の掌(てのひら)を三原の胸に当て、その上に左の掌を添えた。

「頭をゆらさないように、慎重にお願い」

刺さったペグが蓋(ふた)の役割を果たしているのか、出血はほとんどない。耳たぶに血が滲(にじ)んでいる程度だ。しかし頭を強くゆらしたら、たちまち大出血しそうだ。

「わかりました」

大学のワンゲル部で講習を受けたのだろうか。あるいは店舗で教育されたのか。別府の動きには淀(よど)みがなかった。

その別府にして、心臓マッサージは重労働のようだ。酒を飲んでいることもある。すぐに息が上がった。芳野が交代する。別府のアドバイスを受けながら、三原の心臓を押した。

心臓マッサージを行いながら、芳野はこれまでの経緯を反芻していた。


おそらく、芳野の想像は当たっていたのだ。三原は自ら転ぶことで奥津も転ばせ、頭部にダメージを与える。医師免許を持つ小春を呼ぶという名目で別府を追い払い、その隙にペグでとどめを刺す。今までのふたつの計画よりも、リスクはある。しかし別府が証言してくれる。事故で片づく可能性は高い。

しかし現実はこうだ。三原は失敗し、自らがペグの犠牲になっている。

芳野は、倒れた弾みでペグが刺さるなどという、都合のいいことは起こらないと考えていた。だから別府がいなくなった後で、三原は自ら奥津の頭にペグを刺すと想定していた。

それでもペグは刺さった。奥津がペグを持って刺したわけではないことは、自分が証言できる。

　奥津が上になったことが影響したのだろうか。身体の自由を奪われ、自分でも制御できない力が加わった。事故で刺さっても不思議でないよう、三原自身が注意深くペグを置いたこともある。様々な要件が重なり合って、三原にとって最悪な結果がもたらされた。

　確かに、心臓マッサージは疲れる。奥津に交代した。そうして何ローテーションしただろうか。遠くから救急車のサイレンが聞こえてきた。音が近くで止まる。優佳と歩夏が、救急隊員を伴って戻ってきた。

　救急隊員に小春が状況を説明する。でこぼこの山道だ。ストレッチャーは使えない。救急隊員が担架に三原を乗せた。慎重に運んでいく。

　三原を救急車に乗せたところで、小春が進み出た。

「わたしは医師免許を持っています。搬送先で先生に話ができますから、同乗します」

　医師免許という言葉を聞いて、救急隊員は安心したようだった。「お願いします」

「私も行きます」奥津が横から言った。「私はここの責任者ですから」

　正確には、アンクル会にリーダーはいない。それでも奥津は最年長者としての責任を感じたのだろう。芳野は奥津を見る。

「俺が行こうか？」

　歩夏の近くにいなくていいのかという意味を込めた。しかし奥津は首を振った。

「お前の車は、お前しか運転できないだろう。

保険の関係で。でも俺の車は、歩夏が運転できる。病院が決まったら連絡するから、酒が抜けてから来てくれ」

「……わかった」

奥津のコメントから、十分理性を残していることがわかった。彼の提案が正しい。

「ぼ、僕も行きます」別府が言った。「事務局ですし、三原さんの実家も知ってますから」

救急隊員が瞬きした。奥津が話しかける。

「三人同乗していいですか?」

救急隊員はあからさまに嫌な顔をした。しかしこちらの真摯（しんし）な表情に折れたのか、ここで押し問答して時間を浪費したくなかったのか、「いいでしょう」と言ってくれた。バックドアが閉まり、サイレンを響かせながら救急車が走り去る。

駐車場には、三人が残された。芳野。歩夏。そして優佳だ。

「どうしましたか?」

背後から突然声をかけられ、心臓が止まるほど驚いた。振り向くと、若夫婦が立っていた。それはそうだ。キャンプ場でくつろいでいたら、いきなり救急車がやってきたのだから。

「お騒がせして申し訳ありません」

芳野が若夫婦に頭を下げた。「友だちが怪我をしまして。私たちでは病院に連れて行けないから、救急車を呼んだんです」

「そうだったんですか」夫が心配そうな顔になった。「大丈夫ですか?」

「大丈夫だと思います。それほどひどい怪我じゃありませんでしたから」

芳野はあえて軽い口調で答えた。見知らぬキャンパーを心配させても仕方がない。若夫婦はその答えに納得したようで、芳野たちに一礼して自分のテントに帰っていった。

芳野は息をついた。「我々もテントに戻ろう」

奥のテントサイトに歩いて戻る。

なんてことだ。

成功率の高い計画だったはずだ。

三原はリスクを取って行動を起こし、見合った成果を得られるはずだった。

しかし三原は救急車に乗せられ、奥津はぴんぴんしている。

騎士は、自滅してしまった。

お姫様は、王の手の中だ。

第五章
対話

「お疲れさま」

芳野は奥津のグラスにビールを注いだ。続いて、歩夏のグラスにも。「卒業おめでとう」

歩夏は穏やかに微笑(ほほえ)んだ。「ありがとうございます」

三人は、つくば駅前のホテルにいた。歩夏が大学を卒業したから、祝宴を開くためだ。ホテルの中華レストランに予約を入れて、常陸(ひたち)牛をメインにした、ちょっと贅沢(ぜいたく)なコースを注文した。


「乾杯」

三人でグラスを触れ合わせた。歩夏がビールを飲む。白い喉(のど)が動いた。

中二のときに両親を亡くしてから、歩夏は懸命にがんばった。未成年後見人として、奥津も全力で支援した。その甲斐(かい)あって、歩夏は茨城県でもトップクラスの県立高校に進学して、やはり県トップの筑波大学に合格した。そしてこの春、いよいよ社会に出るまでに成長したのだ。

富士山の事故から八年。ずっと近くで見てきた芳野としては、二人を祝福しないという選択肢はなかった。アンクル会でのお祝いは、また別にある。今日は三人だけの祝宴だ。

「本当に、よくここまでこぎ着けたよ。最初はどうなることかと思ったけど、大きなトラブルなくフィニッシュを迎えた。たいしたもんだ」

　歩夏がまた微笑む。「すべて、奥津さんのおかげです」

「そんなわけはない」奥津がすぐに否定した。「全部ホノちゃんの努力だよ。俺なんて、ゴミの出し方を教えたくらいだ。芳野もわかっているだろう？」

　どちらも間違っている。どちらの努力が欠けていても、この成果は得られなかった。しかしそれを指摘するのも無粋な話だ。

「歩夏ちゃんの就職先は、刈谷（かりや）ブレーキだっけ」

「はい」

「大手だね」

　刈谷ブレーキは、愛知県刈谷（かりや）市に本社を置く、自動車部品メーカーだ。ブレーキと社名に付いているけれど、実際は自動車部品全般に大きなシェアを持っている。

「最近だと、ハイブリッド車の回生ブレーキで稼いでると聞いた。エンジン車を作っている自動車メーカーは、電動化で衰退するかもしれない。でも部品メーカーは時代の流れに対処しやすい。いい会社に入れたね」

「ええ。本当に、そう思います」

「やっぱり、勤務地は刈谷？」

　大学で法律を学んだ歩夏は、メーカーで特許の仕事をしたいと、大学在学中に弁理士の資格を取っている。刈谷ブレーキとしても、本社の法務部門で活かしたい人材だろう。

しかし歩夏は首を振った。

「いえ。東京勤務枠で内定を取ったので。新卒研修は刈谷ですけど、勤務地は東京支社のある秋葉原です」

「そうなんだ」意外な答えに、芳野は拍子抜けした気分になった。「そりゃ、秋葉原ならつくばエクスプレスで通勤できるだろうけど、今さらつくばにこだわることもないだろうに」

「いえ、それが――」

歩夏はそこでいったん黙った。隣に座る奥津に視線を送る。

奥津が急に真剣な顔になった。「実はな」

「なんだ?」

奥津は一度歩夏を見て、すぐに芳野に視線を戻した。

「俺たち、つき合ってるんだ」

「…………」

一瞬、何を言われたのか、わからなかった。それくらい、奥津の発言は芳野の想像を超えていた。

「――そうなんだ」

そう言うのが、精一杯だった。驚愕（きょうがく）を見抜かれたか、歩夏がしてやったりという顔をした。

「そうなんです。結婚したいと思ってます」

「…………」

また反応できない。奥津が自らの頬を掻いた。「そういうわけだ」

数瞬の間をもらって、ようやく理解が追いついた。奥津は芳野と大学の同期だ。つまり四十二歳。一方歩夏は大学を卒業したばかりの二十二歳。二十歳下だ。だから男女交際するという発想がなかった。しかし本人たちにとっては、年齢差など、どうということもなかったのだろう。

「そりゃ、よかったな」

ビール瓶を取り、あらためて二人にビールを注ぐ。

「今までにも、機会はあったんです」

歩夏が言った。「高校卒業のときに、大学に行かずに嫁いでしまうことも考えました。でも奥津さんが反対したんです。大学くらい、行っておけと」

それはそうだろう。経済的にも、学力的にも、歩夏にそう勧めるのは当然だ。

「大学卒業と同時に結婚することもできたと思うんですけど、これも奥津さんに反対されまして。社会を経験した方がいいって」

「まあ、そうだろうな」

「でも、結婚するつもりなので、つくばから通えるところに就職したかったんです。それができたのが刈谷ブレーキだったんです」

内心、もったいないと思う。女性が結婚のために将来を制限されてしまうのだから。しかも、本人が自ら望んでそうしてしまう。勤務地に縛られなかったら、もっと歩夏の能力を発揮できる職場が見つかっただろうに。

しかしそれは、外野の勝手な意見だ。本人が熟慮の末決めたのだから、芳野としては尊重するだけだ。

「結婚か」芳野はグラスを見ながら続けた。「奥津は、今までずっと歩夏ちゃんを護（まも）ってきた。その役割を、大人になっても続けるわけだな」

「違いますよ」歩夏がすぐに否定した。「これからは、わたしが奥津さんを護るんです」

「いや。護るっていうより」今度は奥津が神妙な顔で否定した。「介護だな」

三人で笑う。

「では、あらためて乾杯だ」

グラスを掲げる。再び三つのグラスが音を立てた。

ビールを飲み干して、グラスを置いた。ドアの方を見る。「前菜は、まだかな」

わざと視線を外した。今の歩夏は光り輝いていて、芳野には眩（まぶ）しすぎた。

＊

テントサイトに戻った。

七人いたキャンプの参加者は、三人になってしまった。

優佳は自分のテーブルから、ミネラルウォーターのペットボトルを手にした。キャップを取り、残っていた水を飲み干した。

クーラーボックスから、新しいミネラルウォーターを取り出す。バーベキューの後、片づけずにひとつ残しておいたテーブルに置いた。ヤカンにミネラルウォーターを入れ、カセットコンロにかけた。

「カップを貸してください」

　優佳が言い、芳野と歩夏が自分のカップをテーブルに置いた。優佳は残っていた酒を、無造作に捨てた。ミネラルウォーターでカップを簡単にゆすぐ。その水も同じように捨てた。マナーが悪いことこの上ないけれど、この状況下では、自分だって同じことをする。

　トートバッグから一杯立てのドリップコーヒーを取り出してセットする。湯が沸くと、三つのカップにコーヒーを淹れた。「どうぞ」

「ありがとうございます」

「すみません」

　それぞれ礼を言って受け取る。確かに、今は酒の心境ではない。コーヒーを飲んで酔いが醒めるわけではないけれど、熱い液体を少し口に含むと、落ち着く気がした。

　三人で椅子に座る。

　腕時計を見る。午後九時二十五分。普段なら、まだ早いと言える時間帯だ。夕食を午後六時過ぎに終わらせて、その後は酒を飲んだり月を見たりしていただけだから、それほど遅くなっていないのだ。

　しばらくの間、三人とも黙っていた。黙ってコーヒーを飲んでいた。やがて息をひとつつくと、優佳が口を開いた。

「三原さんは、大丈夫でしょうか」

　芳野に顔を向ける。「どんな感じでした？」

　大丈夫という返答を期待しているわけではないのは、明らかだった。芳野は本当のことを言いたくなかったけれど、先ほどの若夫婦相手のように、いい加減な返答をすることもできない。

「春さんの顔を見たら、想像できるでしょう？」

卑怯な答え方をした。案の定、優佳が顔をしかめる。

「すみません」芳野は素直に謝った。「私たちでずっと心臓マッサージをやっていましたが、三原くんは意識を取り戻しませんでした」

精一杯の事実を言った。優佳が表情を戻す。

「そうでしたか」

倒れ伏した三原を見たときの、小春の様子を思い出す。呼吸の有無を確認し、脈を取った。それから瞳孔に光を当てた。その時点で首を振りかけたのだ。おそらくは、すでに死亡していたか、死に向かって不可逆的に進行していたのだろう。そこまで口には出さなかったけれど、優佳も歩夏も察したようだった。

「ペグは刺さっていましたけど、深々と刺さっていたかどうかは、わかりません。全体の長さがわからないから、何センチくらい刺さっていたかは判断できません。どのくらい刺さっているかも影響しそうな気がします」

慎重かつ丁寧な言い方で補足する。あまり意味はないかもしれない。けれど部外者の優佳に対しては、まだ希望を捨てていない姿勢を示す必要がある。そう判断したからこその発言だった。

優佳はこちらの意図を見透かしたようだった。曖昧にうなずいた。「救急隊員の方々は、死亡判定をする権限がないと聞いたことがあります。小春は医師免許を持っていますが、自分の役目とは考えていないでしょう。搬送先の病院の先生が判断されると思います」

こちらは、露骨に三原が死亡している可能性に言及した。すぐに返事ができない。また沈黙が落ちる。

「わたしが見たかぎり、三原さんは突然バランスを崩して転んだようでした」

また優佳が沈黙を破る。芳野がうなずく。

「はい。大きめの石が落ちていて、それを踏んでバランスを崩したように見えました」

そして優佳に顔を向けた。「そういえば、碓氷さんもあの場にいましたね」

「はい。トイレに行こうと思って。男性が大勢でトイレに行っても、女子トイレは空いてますから」

「そして転んだ」

芳野が悲鳴がした方を振り返ると、優佳は両手と両膝を地面につけていた。つまずいて転ぶ際、顔面を護るために両手をつけば、そのような体勢になる。優佳の悲鳴と三原の転倒はほぼ同時か、悲鳴の方が一瞬早かった。芳野が振り向くまでに、立ち上がる時間的余裕はなかった。

優佳が唇を歪めた。笑顔になる気分でなくても、自嘲は表現したいのかもしれない。

「恥ずかしながら。わたしは、地面に埋まった石につまずいたようです」

表情を戻す。「わたしはつまずいたから、前に倒れました。三原さんは石を踏んで、足首をひねったのかもしれませんね。それで横に倒れた」

「そう見えました」

「倒れたところに、たまたまペグがあった」

「そういうことなんだと思います。自信を持っては言えませんけど、テントサイトに来るときに、ペグが落ちていました。そのまま放置すると邪魔だし危ないからと、三原くんがわざわざ道端に移動させたのを憶えています。そのペグだったのかもしれません」

　確信はあるけれど、それを口にするわけにはいかない。安全運転の意見を披露した。

　優佳がため息をついた。「自分が端に寄せたペグに、自分が刺さったわけですか。運が悪いのにも程がある」

「三原くんがペグをどんなふうに置いたのか憶えていませんが、木の根の上に置いたのかもしれません。もしそうなら、ペグは木の根を支点にしたシーソーのような状態になっています。三原くんが転んだとき、頭を護ろうと手を突いた。それがペグの頭だった。シーソーの原理で頭が下がり、先端が上がった。地面と木の根と三原くん自身の手によってペグが固定されて、そこに頭が落ちてきた。奥津の体重も加わっていたから、勢いで刺さってもおかしくありません。碓氷さんが言うように、運が悪かった」

　想像の域を脱しない話だけれど、あり得なくはないと思っている。そんなことでもないと、あんなに見事に刺さらない。そして、このようなストーリーを作ってから、三原は奥津を転ばせたとも考えられるからだ。三原は、そこまで準備する男だ。

「運が悪かった」優佳が低い声で繰り返した。芳野を見る。「本当に、そう思ってます？」

まったく予想もしなかった問いに、身体が硬直した。

「運が悪かった」なんとか態勢を立て直す。「他に言いようが？」

「はい」優佳はコーヒーを飲んだ。カップをテーブルに置く。「因果応報とか」

一瞬、呼吸が止まる。気取られないように、意識してゆっくり呼吸を再開した。

「どうして、そんなことを？　三原くんはそんな悪い奴じゃありませんよ」

声に非難を含ませた。しかし意図的なものだと簡単に見抜かれてしまったようだ。優佳は、今度ははっきりとした笑顔を見せた。

「奥津さんを殺そうとすることは、悪いことじゃないんですか？」

今度は心臓が止まった。ペグを打ち込まれたからだ。優佳の言葉は、まさしくペグだった。歩夏を見る。歩夏は無反応だった。ただ焚き火の炎を見つめていた。

不自然なほど長い沈黙の後、芳野は口を開いた。

「どうして、そんなことを？」

先ほどと同じ科白(せりふ)だ。十分な沈黙を挟まなければ発言できなかったし、他に気の利いた科白を言うこともできなかった。

優佳は出来の悪い生徒を見るような目で、こちらを見た。

「芳野さんが、知っていたと思うからです」

知っていた。芳野が三原の殺意を知っていたということだろう。図星だ。でも、素直に認めるわけにはいかない。

「だから、どうして、そんなことを？」

バカみたいに繰り返す。しかし、本気で論戦に勝とうと思ったら、意外と効く戦法だ。しかし優佳は困った顔をしなかった。静かに続ける。

「質問に質問を返すのは好きじゃありませんけど、じゃあ、どうして芳野さんはあのタイミングでトイレに行ったんですか？　先客が三人もいるのに」

どきりとする。しかし対応できる質問だ。

「尿意に理由はないでしょう？　それに、三原くんと別府くんは、奥津の付き添いに行っただけです。先客は実質一人ですから、別に悪いタイミングじゃありませんよ」

隙のない反論だと思った。しかし優佳は苦笑しただけだった。

「あのときから、今この瞬間まで、芳野さんはトイレに行ってませんよね。膀胱に溜まったものは、どこかに行っちゃったんですか？」

しまった。悔やんだが、もう遅い。芳野が嘘をついたことが明確になってしまった。しかも、底の浅い嘘を。

嘘をついたということは、何かを隠そうとしているということだ。三原が奥津を殺害しようとしているという指摘に嘘をついたわけだから、三原の殺意を隠そうとしたのと同じことになる。つまり、三原の殺意を認めてしまったのだ。優佳はこの後、どうして三原の殺意を芳野が知っているのかと責めたててくるだろう。

　防御の手段を考えようとしたとき、思いついたことがあった。思わず笑ってしまいたくなるくらい、簡単なこと。

「碓氷さんも、トイレに立ったと言いましたよね。たった今。でも碓氷さんもトイレに行ってませんよ」

「はい」優佳が目を三日月（みかづき）のようにした。「嘘ですから」

　脱力するような返答だけれど、芳野の身体は脱力するどころか緊張した。優佳が嘘をついてまで奥津たちを追ったという事実は、何を意味するのか。

「碓氷さんは、三原くんがトイレに行く途中で奥津に何かすると考えて、後を追ったんですか？」

「はい」またしても、シンプルな答え。とすると。

　芳野は立ち上がった。焚き火台を回り込んで、優佳の傍（そば）に立つ。

「碓氷さん。掌（てのひら）を見せてくれますか？」

　優佳は素直に従った。両掌を上に向けて、焚き火の明かりに照らされるようにした。おかげで白い掌がよく見える。その掌には、傷ひとつついていなかった。転んで地面に掌をついたならば、必ずできるはずの傷が。

芳野はため息をついた。

「転んだというのも、嘘ですね。悲鳴を上げる理由に過ぎない。悲鳴を上げて、三原くんの注意をこちらに向けるのが目的だった」

結果的に、注意を向けたのは奥津の方だった。三原は自ら転倒する動きを始めてしまっていた。だから悲鳴に反応できなかった。その差が被害者を決めてしまった。

「そういうことです」掌を戻す。「芳野さんと、同じです」

芳野は立ち尽くした。自分の椅子に戻ることも忘れて、ただ優佳を見下ろしていた。

優佳はコーヒーを飲んだ。

「あのタイミングで芳野さんが席を立ったとき、芳野さんも勘づいたなと思いました。わたしが気にしたのは、懐中電灯です」

「懐中電灯？」

意外な科白に、復唱してしまった。これもまたバカみたいな科白だけれど、今度は作戦でなく自然と口から出てしまった。それだけ余裕をなくしているということだ。

それでも優佳は見下したような表情をしなかった。真面目な顔で首肯する。

「はい。芳野さんは懐中電灯を持っていくかどうか。もし懐中電灯を持っていかなかったら、それは自分の接近を、前の三人に気づかれないためです。なぜ気づかれたくないのか。三原さんの邪魔をしたくないから。そう思いました」

「…………」

「逆に、懐中電灯を持っていったら、それは自分の接近を知られてもいいと考えたからです。いえ、もっと積極的な理由ですね。自分の接近を気づいてもらうため。懐中電灯があれば簡単です。足元を照らすのではなく、三人に向けて懐中電灯を振り回せばいい。いやでも三人は気づきます」

「三人が私に気づいたら、どうだというんですか？」

純粋に興味を惹かれて質問した。優佳はどこまで勘づいているのか。

優佳は平然と答えた。

「三原さんは諦めることになります。あの局面で三原さんが事を起こすのであれば、近くには一人しかいないことが大切ですから。転んで奥津さんがダメージを負ったという『事実』を証言してくれて、かつ小春を呼ぶためにその場を離れてくれる役割は、一人でないと成立しません。もし芳野さんがいたら、別府さんが小春を呼びに行く間、芳野さんが三原さんたちの傍にいることになります。三原さんは、奥津さんにとどめを刺せません」

芳野は唾を飲み込んだ。ここまで自分の考えをトレースされているとは思わなかった。

ということは、他はどうなのか。

「碓氷さんの考えどおりかもしれません。でも、やっぱりリスクはあります。三原くんは、そんな一発勝負にかけるような人間だったんでしょうか」

「そんなことはないと思いますよ」

優佳は即答した。「他に手がなくなったか

ら、仕方なくといったところでしょう」

胸の中に重い石が出現したような感覚があった。期待と懸念のどちらに成長するかわからない、精神の動き。

「他の手とは？」

「たとえば、山菜とかですか」

優佳は手元のバッグからスマートフォンを取り出した。「わたしは、山菜に詳しくないんです。ニリンソウという名前も知りませんでしたから、車の中で調べました」

そういえば、車内で奥津がニリンソウの天ぷらを作る話をしていたとき、優佳がスマートフォンをいじっていた。あれは、ニリンソウについて検索していたのか。

「検索したら、簡単に出てきました。間違えてトリカブトを食べて、中毒する事故が起きていることも」

思わず周囲を見回した。このキャンプ場の周辺には、トリカブトが自生している。

「どうやって奥津さんにトリカブトを食べさせるのか。ニリンソウに混ぜるのが最もいいですが、奥津さん以外の人に食べさせるわけにはいきません。天ぷらにして食べさせるのは難しいだろうと考えました。だったら、天ぷらの前後に違う形で食べさせればいい。前だと、そのあとどのくらいの時間で天ぷらを食べるか、わからない。後しかありません。肉とサンチュの間にトリカブトを挟んで差し出せば、簡単に食べさせることができます」

「だから」芳野はそのときの様子を思い出して

いた。「碓氷さんはサンチュの皿を取ったんですか」

三原がサンチュの載った皿を取ろうとしたとき、優佳が横からさらっていったのだ。そして全員にサンチュを食べさせ、三原がトリカブトを隠す前になくしてしまった。

「はい」あくまでシンプルな、優佳の答えだった。

「他には？」

「崖ですね」当たり前のように答える。「どうやって奥津さんを崖から突き落とすのか、方法はわかりませんでした。でも開けた場所に奥津さんを誘導していましたから、あの場所に仕掛けがあるのではないかと考えました」

「でも、碓氷さんはトイレに向かった……」

言いながら、その続きを思い出した。「戻ったときには、他のキャンパーを連れていましたね。ここなら月がきれいに見えるからと」

「はい。自然な形で、奥津さんにあの場所からどいてもらうには、アンクル会メンバー以外の見物客が効果的だと思いました」

事実、歩夏が奥津を促して、あの場所を空けた。恐ろしいほどの読みだ。けれど。

「碓氷さんは、三原くんがあの場所に仕掛けをしたと考えた」

声に棘を含ませた。「だったら、あのキャンパーたちが崖から落ちるとは、考えなかったんですか？」

「可能性は否定できませんね」優佳はまた苦笑した。「でも、大丈夫だろうと高を括っていました。あの場所には、歩夏ちゃんもいました。歩夏ちゃんが落ちずに奥津さんが落ちる。そんな状況を作るには、二人の立つ位置を指定する必要があります。あのとき、二人の違いは背後に木があるかどうかでした。奥津さんは腰痛持ちですから、木にもたれかかることは期待できます。でもあの人たちは若そうでしたから、木にもたれることはないだろうと思いました」

　事実、そうなったのだ。優佳が少し身を乗り出す。「どんな仕掛けだったんですか？」

　芳野はため息をつく。

「ムカデがピンで留められていました。奥津の頭の高さに。奥津が木にもたれかかると、ムカデの脚が頭を撫でます。驚いた奥津が慌てて木から離れた勢いで落下する。そんな計画だったんでしょう」

　優佳が口をＯの字にした。本気で感心したようだ。すぐに元に戻る。

「わたしも多少は防ぐための工夫をしましたけど、別に要らなかったですね」

　突然、おかしなことを言いだした。

「どうしてです？」

「だって」当たり前のように答える。「わたしが何かしなくても、芳野さんが防いでたでしょうから。芳野さんはサンチュの皿を取ろうとしましたし、わたしが崖に戻ったときには、奥津さんに向かって足を踏み出してました。三原さんの計画に気づいていないと、できないことです。最後も、懐中電灯を持っていっていましたし」

「…………」

　先ほどは止まった鼓動が、今度は速まった。自分は犯罪者ではない。悪いことをしたわけでもない。それでも自分の行動を他人に指摘されるのが、これほどインパクトをもたらすものだとは、知らなかった。

　優佳は、芳野を上目遣いで見つめた。

「芳野さんは、どうして三原さんの殺意に気づいたんですか？」

　どうしよう。芳野は迷った。弁護士として、殺意を知っていたのに放置していたと思われるのは、よろしくない。

　しかし自分はもう白状してしまっている。それに三原は結果的に何もやっていない。ただ、転んだだけだ。優佳が外で何を言おうとも、対応できる。それに、優佳は外では何も言わないのではないか。そう感じられた。

　だったら、言ってしまった方がいい。先ほどのように、底の浅い嘘をつくと、かえって窮地に陥ってしまう。

　芳野はゆっくりと自分の椅子に戻った。腰掛ける。カップに残ったコーヒーを飲んだ。

「三原くん本人から聞いたんです。三原くんは、奥津が歩夏ちゃんに結婚を無理強いしたと考えていました。長年奥津に助けられてきた歩夏ちゃんは、従うしかなかった。でもそれは、よくないことだと」

　歩夏は反応しなかった。ただ焚き火を見つめていた。

「三原くんは、歩夏ちゃんを奥津から解放したかったんです。それを絶対の正義と信じていました」

「だから、手伝ってほしいと？」

　芳野は首を振る。「いいえ。私に何をしてほしいとも言いませんでした。ただ、見ていてほしいと。自分が護りたい人のために行動を起こしたことの見届け人になってほしい。そういうことでした」

「具体的な計画は聞いていたんですか？」

　芳野はまた首を振った。

「いいえ、何も。三原くんは私を法的な共犯にしようとは考えていませんでした。ただ、傍観という形の共犯行為を求めていました」

「でも、芳野さんは応じなかった」優佳が論評する。「実際には、防ぐ行動に出たわけですから。どうしてですか？」

　優佳の口から発せられたものとしては、今日いちばん平凡な質問だった。芳野は人差し指で頰を搔く。

「これでも弁護士ですから。話の裏は、必ず取ります。三原くんの決意を聞いた後、春さんに連絡を取りました。春さんは歩夏ちゃんの成長を、女性として、医師として見てきた人間です。歩夏ちゃん自身が、奥津と結婚することについてどう思っているか。もっと言えば、二人が初めて関係を持った直後、歩夏ちゃんはどんな様子だったのか。春さんなら正確なことを知っています。春さんは明言しました。歩夏ちゃんは、奥津が好きだから結婚するのだと」

　優佳がちらりと歩夏を見た。すぐに芳野に視線を戻す。

「そのことを、三原さんに言わなかったんですか?」

「言っても、信じてくれる精神状態じゃありませんでしたから。むしろ、言ってはならないと思いました」

「なぜです?」

「言ってしまうと、三原くんは私があちら側についたと考えるでしょう。そうなると、もう私に何も言ってくれません。私の目の届かないところで奥津を殺そうとします。そうなったら、防ぎようがない。だから、味方のふりをしたままにしました。おかげで、今日、このキャンプ場で事故に見せかけることまではわかりました。後は、三原くんの計画を想像して、先回りするしかありません」

芳野は息をつく。

「なんとか彼の計画を見抜くことができました。でも、本当に直前でした。碓氷さんはさっき、自分が何もしなくても私が防いだと言いましたけど、タッチの差で間に合わなかった可能性の方が高い。助かりました」

本音だった。優佳の話しぶりからしても、少なくとも芳野より早く三原の意図を察していたようだ。彼女が奥津を救ったのだ。

だったら、素直に質問をぶつけよう。自分だって、きちんと話したのだから。

「碓氷さんは、どうして三原くんの殺意に気づいたんですか?　いや、この質問は正確じゃないな。ニリンソウの天ぷらを作ったのは三原くんと別府くんです。崖のあるキャンプ場を選んだのも、三原くんと別府くん。酔っ払った奥津をトイレに連れて行こうとしたのもあの二人です。碓氷さんは、どうして別府くんでなく、三原くんが奥津を殺そうとしていると考えたんですか？」

まさか、別府くんには彼女がいるからじゃないですよね。そう言い添えた。

質問された優佳は、申し訳なさそうな顔になった。

「すみません。その質問に対する答えは、ひどいものです。わたしは気づいてなんていませんも。別府さんも眼中にありませんでした。そもそも、三原さんが危険だと相談を受けたことから始まってますから」

「相談？」

意外と思うと同時に納得もしていた。自分だって、三原自身から彼の殺意を聞いたのだ。優佳だって、他人から聞いたとしても不思議はない。そして相談する人間は、二人しかいない。奥津か歩夏。

「わたしが相談したんです」

歩夏がようやく口を開いた。視線は焚き火に据えられたままだ。

「優佳さんがはじめてアンクル会の活動に参加してくださったとき、春さんと三人で、テントの中でずっと話をしてたんです。流れの中で、わたしが奥津さんと十五のときに関係を持った話もしました。そのとき、それを他人に聞かれたことにも気づきました。誰に聞かれたかは、翌朝すぐにわかりました。様子がおかしいのが、三原くんだけだったからです」

芳野は、このキャンプ場で三原から聞いた話を思い出していた。三原も偶然聞いたと言っていた。

「軽蔑（けいべつ）されたかな、と落ち込みました。まだ十五歳なのにふしだらな、と思われたかと。でも三原くんの態度は違いました。逆に、以前よりずっと優しくなりました。わたしは失望しました。三原くんは、わたしに同情したんです。哀（あわ）れな被害者だと」

歩夏はワインのボトルを取った。キャップを開けて、コーヒーを飲んだばかりのカップに注ぐ。ワインを飲んだ。

「三原くんは、自分で勝手にストーリーを作り上げたんです。自分の世界に、わたしを登場人物として配置しただけ。芳野さんに見ていてほしいと言ったのも、同じことです。自分がヒーローを演じるから、観客になってほしいと」

またワインを飲む。

「どうしてわたしから好きになって、わたしから誘ったと考えないんでしょうか。わたしが子供で、奥津さんが大人だったから？　それも勝手にストーリーを作っただけですよね。わたしを一人の人間として見ていてくれたなら、わたしにも恋愛感情があることを理解してくれるはずなのに」

危険だ。芳野はそう思った。こんな話をしているときに、飲んではいけない。ろくな結果にならない。そう思っていたら、歩夏は自分からカップを遠ざけた。

「わたしたちが結婚すると知って、三原くんの奥津さんを見る目が変わりました。危険だ、と思いました。でも、実際に何かをしたわけではない。奥津さんをつけ回したりもしていない。ストーカー行為もしていないし、事件も起きてない以上、警察は動いてくれないでしょう。芳野さんはずっと親身になってくださった弁護士さんですけど、だからこそ相談しにくいことでした」

歩夏はこちらに向き直って、頭を下げた。

「申し訳ありませんが、三原くんのことを相談するのなら、わたしが十五の頃から奥津さんと関係を持ったことも言わなければなりません。それを聞いた芳野さんが、どんな反応を示すか、わからなかったんです。奥津さんとの友情にひびが入るかもしれませんし」

当然の判断だ。彼女が正しい。芳野としては、それらをすべてふまえたうえでの信頼であってほしかったけれど。

「ですから相談できるのは、春さんと優佳さんです。でも春さんは、あのとおり、まっすぐな性格です。相談したら、三原くんを呼びつけて、正座させて説教するでしょう。それでは物事は解決しません。だから優佳さんに相談したんです。優佳さんなら、先回りして三原くんが何かするのを防いでくれると思いました」

歩夏の話を聞いて、芳野はようやく納得した。やはり優佳は、純朴な火山学者などではなかったのだ。鋭い頭脳と洞察力を持ち、行動できる。

歩夏は、奥津は自分が護ると言った。歩夏は自分が護りたい人を護るために、最も頼りになる人物に相談した。優佳はアンクル会の人間ではない。たまたま友人だった小春が連れてきて、何回か参加しただけ。それが奥津と歩夏にとって、最大の幸運だったのだ。

優佳が薄く笑った。

「誰が誰を害そうとしているのかがわかってましたから、考えることはシンプルでした。なんとか防げたのも、そのせいでしょう。ただ、防げたとしても、この週末だけのことです。失敗した三原さんが、その後どんな行動を取るかは、こちらの守備範囲外です」

そして芳野を見た。「芳野さんは、来週以降、どうするつもりだったんですか？　三原さんが頭にペグを刺してしまったのは、偶然に過ぎません。芳野さんやわたしが犯行を防ぐことができたとしても、三原さんは元気なままキャンプ場を離れるだけのはずでした。三原さんはずっと奥津さんを狙い続けるつもりだったんでしょうか」

「実は、ノーアイデアでした」芳野は正直に答える。「ただ、今回のキャンプがつつがなく終了したら、三原くんの心境にも変化が起きるんじゃないかと期待してました。だって、キャンプ中はずっと、二人ののろけ話を聞かされるんですよ。いくら三原くんが自分の作った世界に耽溺（たんでき）していたとしても、真実を目の当（ま）たりにせざるを得ない。現実の歩夏ちゃんは幸せそうです。結婚を無理強いされたり、この先の人生を諦めたようには見えない。現実を見せつけた上で説得したら、諦めてくれると思いました。実際、周到な計画がすべて失敗した後ですから、自信も失っています。素直に話を聞く気にもなるでしょう」

「あら」歩夏が自分の頰に手を当てた。「わたしってば、そんなにのろけてました?」

「うん」

優佳が断言した。こんなときなのに、頰が緩んでしまう。そこに、着信音が重なった。優佳のスマートフォンだ。取り上げて、耳に当てる。「どうだった?」

バッグに手を突っ込んで、メモ帳とボールペンを取り出す。「うん、うん」と言いながら、メモを取った。

「わかった。出るとき、連絡する」

それだけ言って、電話を切った。芳野と歩夏を見る。

「小春からです。搬送先の病院で、三原さんの死亡が確認されました。ここに警察が来るから、対応してほしいと」

「わかりました」

それは、自分の守備範囲だ。

優佳が立ち上がった。カセットコンロに向かう。

「歩夏ちゃん。警察が来るのに、酒臭いとよくないよ」先ほどワインを飲んでいた若い友人に声をかけた。

「コーヒー、もう一杯飲む?」

終章

君が護(まも)りたい人は

「じゃあ、荷物を載せますから、順に渡してください」

日曜日の午前九時。キャンプ場の駐車場で、芳野は脚立に立った。優佳と歩夏がキャンプ道具を手渡して、芳野がルーフボックスに入れていく。七人分のキャンプ道具を三人で片づけたから手数はかかったけれど、慣れた三人だから、あまり苦労せずにテントサイトから撤収することができた。

昨晩は、あれから大変だった。パトカーが何台もやってきて、投光器の下で現場検証が行われた。芳野たちは事情聴取を受けた。それは仕方がないのだけれど、あの若夫婦も事情聴取を受けていたのは申し訳なかった。せっかくの週末キャンプが台無しだ。

事情聴取そのものは、厳しいものではなかった。背景はともかく、現象としては純粋な事故なのだから当然だ。この場ではわからないけれど、問題のペグからは、関係者の中では三原の指紋しか検出できないわけだし。

荷物を載せ終わった。芳野は自分のミニバンを、歩夏は奥津の軽自動車を運転して、仲間たちを迎えに行く。優佳は歩夏の軽自動車に同乗する。

「石岡駅に向かえばいいんでしたっけ」

芳野の問いに、優佳がうなずく。

「ええ。駅前のホテルに泊まってるそうですから」

搬送先の病院で三原の死亡が確認されてから、奥津、小春、別府の三人も警察の事情聴取を受けた。しかしそれが済んでしまうと、やることがない。つくば市からやってきた三原の両親にバトンタッチすると、病院にも居づらい。仕方がないから駅前のホテルに投宿しているのだという。

「早く迎えに行こう。奥津が心配だ」

芳野はそう言った。昨晩の酒量は少なくはないけれど、終わった時間も早かった。もう身体にアルコールは残っていない。

「奥津さんが心配というのは」優佳が言った。「自分を心配してついてきたから、三原さんが死んだと思ってる。そういうことですね」

「そう」さすが察しがいい。「ほんの思いつきで富士登山を勧めて事故が起きたことで、他人の子供をずっと面倒見てた奴ですから」

傍で歩夏も心配そうな顔をする。

「でも、歩夏ちゃんがいるから、大丈夫でしょう。少なくとも奥津には、三原くんを気の毒な青年にしておいた方がいい」

真相を知っているのは、ここにいる三人だけに留めよう。その意思を込めた。優佳も歩夏も理解したようだ。優佳が歩夏に「お願いね」と念押ししていた。

「大丈夫ですよ。出発前に、ちょっとトイレに行ってきますね」

歩夏がトイレに向かった。駐車場には、芳野と優佳が残された。

優佳が口を開いた。「芳野さんに伺（うかが）いたいんですけど」

「なんでしょう」

何の気なしに返事をする。優佳は歩夏が歩いていったキャンプ場に視線を向けたまま続けた。

「芳野さんは、三原さんの計画を察知して防ごうとしました。実際、それに成功しました。でも――」

優佳は芳野の顔を見た。目をまっすぐに見つめてくる。「三原さんが、中途半端な計画で殺害を実行しようとしたら、どうしたんですか？」

突然の問いかけに、芳野は返事ができなかった。優佳はなおも続ける。

「三原さんは、自分が逮捕されない完璧な計画を立てて、実行に移した。そのとおりだと思います。逆に言えば、完璧な計画だからこそ、読めたわけです。失敗したり、三原さんが逮捕されそうなアイデアを捨てていって、残ったアイデアが正解ですから。でも、三原さんがそこまで考えていなかったら、どうでしょう。実行後、警察に簡単に逮捕されてしまうような計画でも、完璧だと勝手に思って実行してしまったら。芳野さんもわたしも防げません。変な言い方ですけど、今回に限っていえば、完璧でない方が成功しやすかったんです」

その後逮捕されますけど、と優佳は続けた。

芳野は返事ができない。優佳は芳野の答えなど期待していないかのように話を続ける。

「芳野さんは、わかってたんじゃないですか？　自分の能力よりも三原さんの能力が劣っていたら、奥津さんは死んでしまっていたと」

「…………」

「芳野さんは、その可能性を無視した。自分は最善を尽くしたことにして、結果責任は三原さんに押しつける。どうしてか。奥津さんは、歩夏ちゃんが護りたい人であっても、芳野さんが護りたい人ではなかったから。芳野さんが本当に護りたい人は――」

優佳はその先を言わなかった。歩夏が戻ってきたからだ。

「じゃあ、行きましょうか」

「うん」

女性二人が軽自動車に乗り込む。

「芳野さん。行きましょう」

「オッケー。でも、先に行ってくれ。俺もトイレに行ってから後を追うから」

「わかりました」

歩夏が言い、車を発進させる。軽自動車は、すぐに見えなくなった。

芳野は駐車場に立ち尽くしていた。

バカな。

優佳は何を言っている。自分は、成富夫妻が事故死した後、奥津が歩夏を助けるのを、全力で支援したではないか。

芳野さんが本当に護りたい人は――。

優佳はそこまでしか言わなかった。その先

は、聞かなくてもわかる。

芳野が本当に護りたいのは、歩夏だ。

奥津が立ち直るため、芳野は歩夏を支援することを提案した。奥津は決心したけれど、彼一人ではどうしようもない。法的な手続きを引き受けたのは自分だ。

最初は友人である奥津のためだった。しかし歩夏を助けるために手助けしているうちに、芳野もまた、歩夏に執着してしまったのか。

三原の計画は、歩夏のためにも防がなければならなかった。

しかし、もし奥津が死んでしまっても、それはそれでいいと思わなかったか？

三原の犯行計画を頭の中でシミュレートしているとき、芳野はそう考えなかったか。完璧な計画ならば防げる。でも未熟な計画ならば、防げない。奥津は死に、三原は逮捕される。残されるのは、婚約者に死なれた歩夏と、自分だ。

自分はそれを期待していなかったか？

バカな。何を言いやがる。

自分には、妻も子もいる。今さら歩夏に、どうこうすることはない。

それでも奥津の死を願ってしまうのが、執着というものなのだ。優佳は、その点を冷静に指摘した。あなたは執着のため、旧友の死を容認したと。

理性が必死で否定しながら、認めざるを得ない真実だった。

しかし。

ちょっと待て。

優佳こそ、どうなんだ。

彼女もまた、三原の計画が完璧なものという前提で思考を巡らせ、行動した。優佳だって、三原の計画が中途半端なものだったら、防げなかったではないか。

優佳はそのことを知っている。知っていながら、芳野を糾弾した。なんて自分勝手な。そう考えかける。しかし、理性がそれを止めた。優佳は、それでよかったのだ。

彼女が欲していたのは、完璧な計画だった。完璧な計画を想像して、未然に防ぐ。歩夏から相談を受けた優佳は、そのことに重点を置いた。ムカデの仕掛けを話したときの、優佳の感心した顔を思い出す。見事な犯行計画に対する、純粋な称賛。あれが優佳の本音だ。簡単に逮捕されてしまうような未熟な計画に、興味はなかった。それが実行されてしまった結果、奥津が死亡しても、優佳にとってはどうでもいいことだったのかもしれない。

芳野はようやく優佳の本質を見た気がした。

思考力や洞察力は抜きんでている。歩夏が頼りにしたのも理解できる。しかし行動力はどうだろう。自分が興味のない事柄だったら、誰が不幸になろうと行動しない。碓氷優佳は、そんな人間なのではないか。

芳野はそっとため息をついた。

そうかもしれない。優佳は、親友の小春とまったく違った価値観を持っているのかもしれない。けれど、まさしく他人事だ。芳野にとってはどうでもいいことだ。大切なのは、自分がこれからどうするかだ。

　芳野のスマートフォンが鳴った。電話の着信だ。取り出して液晶画面を見ると、奥津からだった。耳に当てる。「はい」

『俺だ』

「知ってる」短く答える。「今から出る。歩夏ちゃんはもう出た。俺も後を追う」

『頼む』奥津の答えも短い。『三原くんのご両親のことを思うと、どうも落ち着かない』

「おい」芳野は低い声で言った。「三原くんのことは、自分に責任があると思ってないだろうな」

『…………』

　沈黙が、奥津の気持ちを表していた。

「いいか。お前が責任を感じるのは勝手だ。でも、今のお前は、歩夏ちゃんの人生に責任のある立場だ。必要以上に思い悩む必要はないぞ。あれは、事故なんだ。誰のせいでもない」

『……わかってる』

　本当にわかっているのか、はなはだ不安な返事だった。でも、今は信じるしかない。

「それでいい。お前は、歩夏ちゃんを幸せにすることだけ考えろ。それが、お前の人生のはずだ」

『そうだな』

　先ほどよりは、はっきりした答えだった。

「よし」

　奥津は、成富夫妻の事故の後、山に登らなくなった。ひょっとしたら、三原の事故の後、キャンプにも行かなくなるのではないか。そう心配したけれど、今の口調を聞くかぎりでは、大丈夫そうだ。

　三原は優秀な男だった。彼が考えた計画は、完璧に近かった。優佳が防がなかったら、奥津は今頃冷たくなっていたはずだ。

　でも結果は失敗だ。失敗した計画に、完璧も何もない。成功した計画だけが、完璧という称号を得るのだ。

　三原は失敗した。では、自分ならどうか。

　もちろん、妻も子もいる自分が、歩夏のために奥津を殺すことはない。あくまで思考実験としてだ。自分なら、事故を装って奥津を死亡させる、完璧な計画を立てられるのではないか。

　事故を装うのなら、やはりキャンプ場だ。

　三原が死亡した以上、奥津の性格からして、来月結婚することはないだろう。少なくとも来年、一周忌を終えてからだ。歩夏も反対しない。それならば、歩夏はあと一年は独身のままだ。

　芳野は歩夏の婚約者に向かって言った。

「また、みんなでキャンプに行こう」

ノン・ノベル百字書評

キリトリ線

なぜ本書をお買いになりましたか（新聞、雑誌名を記入するか、あるいは○をつけてください）

- □（　　　　　　　　　　　　）の広告を見て
- □（　　　　　　　　　　　　）の書評を見て
- □ 知人のすすめで
- □ タイトルに惹かれて
- □ カバーがよかったから
- □ 内容が面白そうだから
- □ 好きな作家だから
- □ 好きな分野の本だから

いつもどんな本を好んで読まれますか（あてはまるものに○をつけてください）

●**小説**　推理　伝奇　アクション　官能　冒険　ユーモア　時代・歴史　恋愛　ホラー　その他（具体的に　　　　　　　　）

●**小説以外**　エッセイ　手記　実用書　評伝　ビジネス書　歴史読物　ルポ　その他（具体的に　　　　　　　　）

その他この本についてご意見がありましたらお書きください

最近、印象に残った本をお書きください		ノン・ノベルで読みたい作家をお書きください	

1カ月に何冊本を読みますか	冊	1カ月に本代をいくら使いますか	円	よく読む雑誌は何ですか	

住所					
氏名		職業		年齢	

あなたにお願い

この本をお読みになって、どんな感想をお持ちでしょうか。

この「百字書評」とアンケートを私までいただけたらありがたく存じます。個人名を識別できない形で処理したうえで、今後の企画の参考にさせていただくほか、作者に提供することがあります。

あなたの「百字書評」は新聞・雑誌などを通じて紹介させていただくことがあります。その場合はお礼として、特製図書カードを差しあげます。

前ページの原稿用紙（コピーしたものでも構いません）に書評をお書きのうえ、このページを切り取り、左記へお送りください。祥伝社ホームページからも書き込めます。

〒一〇一-八七〇一
東京都千代田区神田神保町三-三
祥伝社
NON NOVEL編集長　坂口芳和
☎〇三（三二六五）二〇八〇
www.shodensha.co.jp/bookreview

NON NOVEL

「ノン・ノベル」創刊にあたって

「ノン・ブック」が生まれてから二年一カ月、ここに姉妹シリーズ「ノン・ノベル」を世に問います。

「ノン・ブック」は既成の価値に"否定(ノン)"を発し、人間の明日をささえる新しい喜びを模索するノンフィクションのシリーズです。

「ノン・ノベル」もまた、小説(フィクション)を通して、新しい価値を探っていきたい。小説の"おもしろさ"とは、世の動きにつれてつねに変化し、新しく発見されてゆくものだと思います。

わが「ノン・ノベル」は、この新しい"おもしろさ"発見の営みに全力を傾けます。

ぜひ、あなたのご感想、ご批判をお寄せください。

昭和四十八年一月十五日

NON・NOVEL編集部

NON・NOVEL—1053

君(きみ)が護(まも)りたい人(ひと)は

令和 3 年 8 月 20 日　初版第 1 刷発行

著　者　石(いし)持(もち)浅(あさ)海(み)
発行者　辻 浩明
発行所　祥(しょう)伝(でん)社(しゃ)
〒101-8701
東京都千代田区神田神保町 3-3
☎03(3265)2081(販売部)
☎03(3265)2080(編集部)
☎03(3265)3622(業務部)
印　刷　堀内印刷
製　本　ナショナル製本

ISBN978-4-396-21053-3 C0293